魔豆

裏八仙

外傳　節慶狂歡

蒼葵——著

裏八仙

外傳 節慶狂歡

目錄

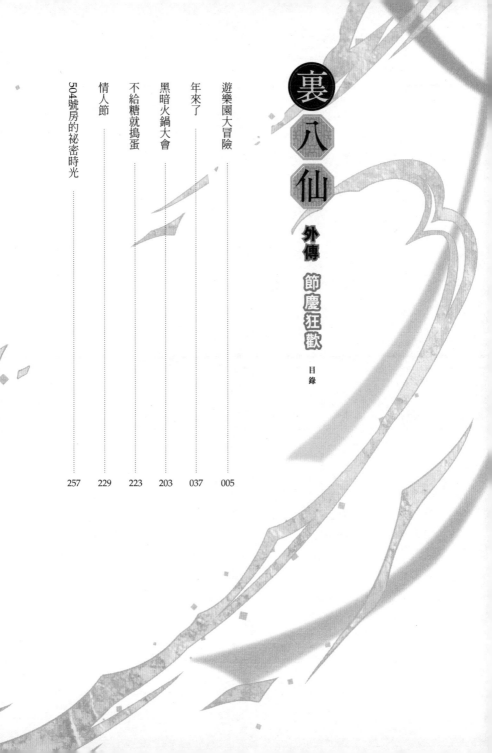

遊樂園大冒險

紅色小球從洞口滾了出來，「喀啦」一聲落在方盤中，然後在無數雙眼睛的注視下，朝前方滾動了好幾圈，最後終於停住。

下一瞬間，一道拔高又激動的女性嗓音打破短暫的安靜。

一名紮著麻花辮的清秀女子抓起桌上的麥克風，興高采烈地大聲宣布。

「太棒了！恭喜這位先生抽中了三獎！三獎，熊寶寶樂園的親子免費招待券！各位客人，讓我們再次恭喜這位幸運的先生！」

就像是被煽動了情緒，圍在旁邊或剛好經過的人們，反射性地開始熱烈鼓掌。

而抽到三獎，被人群圍繞在中間的，是一名相貌英挺，但眉眼和唇角線條卻給人強烈凶惡感的男人。他一手提著大包小包的蔬菜，另一手則提著肉類與海鮮食品，一副剛結束大採購的模樣。

事實上，男人現在身處之處，就是號稱特價時間一到，便會變成婆婆媽媽廝殺修羅場的生鮮超市。

據說爲了慶祝老闆和老闆娘結婚八年八個月又八日，這間超市正在舉辦凡是購物滿五百元，就能現場參加抽獎的活動。

至於男人，不笑時簡直像是旁人欠他幾百萬的男人，就這麼碰巧抽中活動三獎——熊寶寶樂園的親子免費招待券。

一時反應不過來，男人怔立在原地，瞪著那顆剛從機器內搖落的紅色小球。

將男人的默不作聲當作驚喜交加，綁辮子的女性工作人員笑咪咪地遞給他一份寫著「三獎」的紅包袋。

「這就是熊寶寶樂園的親子免費招待券，先生可以跟家人好好去那裡放鬆身心喔。有效期限是兩天內，後天就到期了，還請把握時間使用。附帶一提，如果沒有去的話，聽說熊寶寶樂園的吉祥物『芙萊荻』，會在半夜入夢追殺你呢。」

於是本業是大學生，副業是小說家的川芎手一抖，唇角一陣抽搐。

……靠夭咧，我可不可以當作自己沒抽到這種有危險的獎品。

「因為所以，就讓咱們朝遊樂園前進吧！夥伴、夥伴，Let's Party——嗚喔喔喔！等一下，俺還沒說完話啊！小藍夥伴，請再讓俺說一句就……嗚噗！」

簡潔明淨的房間內，一道拉得老長的叫喊瞬間成了短促的悲鳴，接著，這個小空間內重回安靜。

隔著放下的粉黃色窗簾，可以望見外面陽光燦燦。如果將窗簾拉開向外看去，能望見一大片湛藍色的天空。

「你眞是吵死了，阿蘿，而且你到底是在對哪邊說話哪。」

房間裡出現了第二道聲音。開口說話的人是一名面貌秀淨的黑髮少年，他的膚色比一般人還要蒼白，也因此襯得他一雙眉眼格外黝黑。

而此刻，被這名少年一把掐握在掌心的，是一根白蘿蔔。不過那可不是在超市常見的蘿蔔，因爲在那白白胖胖的軀幹上，居然有著如同人類的眼睛、鼻子和嘴巴，還長了兩根短短的手和短短的腳。甚至這根人面蘿蔔有說有跳，不時還會展現華麗的旋轉小跳步。

要是尋常人瞧見這樣一根古怪的蘿蔔，想必第一個反應會先呆愣，接著再大叫一聲「有妖怪」。

然而徒手抓住這根人面蘿蔔的少年，卻連丁點吃驚或疑懼也沒有。

這是自然的。

少年名爲藍采和，同時也是蘿蔔．阿蘿的主人，眞正身分是神話故事中的八仙之一。雖然外貌年少，不過眞實仙齡已不可考。由於某些原因，目前正住在收留他的林氏兄妹家中，努力地當一位好幫傭。

把陷入昏迷的阿蘿塞進背包，一身輕便服裝的藍采和抬眼看著倒映於梳妝鏡的自己。

頭髮沒問題，衣服沒問題，很好。滿意的微笑躍上唇畔，藍采和對鏡中的身影綻放出一抹笑靨，隨即撈起擱置在梳妝台上的背包，再伸手抓過床頭櫃上的竹籃子，精神奕奕地離開自己的房間。

剛打開房門，映入藍采和眼中的是另一抹也正巧從房裡走出的纖細身影。

那是一名綁著雙馬尾的美麗少女，容貌嬌美，一雙眼角微勾的貓兒似大眼看起來總是靈活動人。

少女穿著一襲墨綠西裝，繫著紅領帶，但這副裝扮在她身上卻一點也不顯得突兀奇異，反而強調出她曼妙的身體曲線。

這名同樣暫居林家的少女，亦是八仙之一，其名為何瓊，仙齡不可考，與藍采和在天界時就是感情極為要好的死黨。

「小藍，你也準備好了嗎？」瞧見同伴，何瓊露齒一笑，掩不住笑容中的愉悅。

「啊啊，全都弄好了呢。」藍采和展示著肩上的背包和手提的竹籃，表明自己所言不虛，「不知道哥哥他們是不是也……」

後半段問句驀然中斷，另一道更加響亮的叫喊自樓下傳來，蓋過藍采和的問句。

「藍采和，弄好了就趕快下來，不要在上面拖拖拉拉的！」

乍聞這道聲音，兩名待在二樓走廊的年少仙人立刻下意識循聲望去。

由於林家大宅的二樓是ㄇ字形格局，不管從走廊的哪個位置，只要低頭下望，都能將客廳裡的景象看得一清二楚。

客廳的正中間，站著林家目前的一家之主。

川芎雙手抱胸，濃眉挑高，向上仰望的眼神流露出一絲不耐。但在對上少女的貓兒大眼後，那份不耐頓時宛若冰雪融化，消失得無影無蹤。

「咳，那個……小瓊妳可以慢慢來沒關係。」

川芎放下環胸的手臂，想讓自己的站姿看起來別太粗魯，他像要掩飾什麼般輕咳一聲。

「反正，反正時間也還算早。」

「嗯嗯，時間也還算早，小瓊姊姊跟小藍葛格都可以不用急唷。」稚嫩的童音甜甜軟軟地附和道。

隨著這道童聲的出現，一顆戴著寬邊草帽的小腦袋從川芎身後探出。有著柔軟鬈髮、蘋果臉頰和一雙圓亮大眼的林家么女，眨巴著眼睛，學兄長望向二樓走廊。

發現自己的視線和黑髮少年撞個正著，今年六歲的莓花忍不住紅了臉，很快又縮回川芎身後，過一會兒又害羞地探出一雙眼睛，小手還緊緊揪著川芎的褲管。

雖說已經明白自己最疼愛的寶貝妹妹似乎對藍采和抱有某種程度的好感——川芎拒絕說出「喜歡」或是「暗戀」諸如此類的字眼。

開什麼玩笑，他絕不會承認有這種事——可對於擁有重度戀妹情結的川芎來說，這場景著實令他感到有些不是滋味。

彷彿洩恨一般，川芎投給了正在下樓的少年一記惡狠狠的眼神。後者不明所以，只是睜著墨黑的眸子，回以一抹純良無辜的笑靨。

覺得自己的眼刀如同扔在棉花團上，再軟綿綿地被彈了回來，川芎耙耙頭髮，心裡默唸要忍耐、要忍耐。今天可是出遊的日子，說什麼也不能控制不住脾氣，弄糟了他家寶貝莓花的心情。

只要牽扯到自己的妹妹，這名男人做任何事都特別有效率。只不過當他正要招呼眾人出發時，原本欲移走的目光倏地一頓，下一秒，又迅速望回少年身上。

林家長男瞇細眼，狠狠地皺起眉毛，「藍采和，別跟我說你要這麼出門。」

「哎？」被點到名的黑髮少年一愣，反射性低頭。他記得離開房間前，才檢查過一次自己的衣著，T恤、背心、牛仔褲，照理說都沒問題才是。

少年抬起頭，眼眸裡閃動著再明顯不過的困惑，「我的衣服有什麼不對嗎？咦咦咦？難道說在人界這樣穿不適合？」

「才、才不會不適合！小藍葛格這樣穿也很帥！」

川芎還來不及說什麼，莓花就先大聲地喊，喊完後，小臉也成了鮮艷的紅色。似乎是對自己的行為感到害羞，小女孩抓下草帽，遮住大半的臉，頭頂彷彿還可以看見一縷縷冒出的白煙。

既然莓花都這麼說了，藍采和眼中的困惑更盛。他不明白，到底是什麼地方不對呢？

「唔，我看看喔……」站在藍采和後面的何瓊，伸手扳過對方，視線迅速地巡視一圈，最後定格在某個位置。

何瓊馬上就明白川芎為什麼會那麼說了。

「小藍。」綁著雙馬尾的嬌美少女嘆氣，「我們是要去遊樂園，帶著你的籃子會不方便行動，還有點奇怪呢。」

聞言，換藍采和將視線移往自己的右手。下一剎那，他恍然大悟地擊了下掌。

「不好意思啊，哥哥，拿得太順手了，我這就把它放回去。」

扔下話，藍采和匆匆忙忙地跑上樓。他奔回房間，用不了多久，又從房內跑出來。

川芎瞄見少年的背心口袋有些鼓鼓的，好似裝了什麼，他也不打算多問。就像他心知對方的背包裡裝著一根人面蘿蔔，而不是零食點心，卻也不點破一樣。

見全員終於到齊，林家長男滿意地點點頭，做了個出發的手勢。

敞開的大門外陽光燦爛，這是個非常適合出門遊玩的好天氣。

今天是川芎一行人前往熊寶寶樂園的日子。

熊寶寶樂園，一座位於豐陽市市郊的遊樂園，園中以大大小小的熊當擺飾，包括各項遊樂器材上也都有熊的圖案。而其中最聞名的，就是熊寶寶樂園的吉祥物，芙萊狄。

芙萊狄是一隻握著鍋鏟的可愛大熊，頭頂上戴著一張面具。據說在十三號星期五當日，頭頂上的面具會拉下，手中的鍋鏟也會換成造形可愛的菜刀——當然，是用棉花和布做的。

而就在昨日中午，川芎在附近的生鮮超市內抽到了這個遊樂園的免費招待券，有效期限是這兩天。爲了不白白浪費，川芎決定帶著妹妹，以及現在暫居在他們家的兩名仙人，外加一根昏死的人面蘿蔔，前往熊寶寶樂園放鬆身心。

這日並不是假日，因此遊樂園的停車場沒多少車，相當空曠。陽光下，只有三三兩兩的遊客陸續進入裝飾著小熊與花朵圖案的大門，看上去顯得孤伶伶的。

只不過，剛一下公車，都還沒踏進遊樂園大門，川芎忽然僵住身子不動了。

「葛格？」被川芎牽著手的莓花仰起臉，不解地扯扯他的手指。

川芎還是動也不動。

「哥哥，怎麼了嗎？」晚一步下車的藍采和也注意到，「是太陽太大了嗎？哥哥你的臉色有點白耶。」

「川芎大哥，你是看到什麼了嗎？」何瓊心細，敏銳地注意到林家長男的視線，從下車後就一直膠著在某一點上。

一聽何瓊這麼問，藍采和與莓花下意識朝川芎注視的方向望去。

緊鄰遊樂園大門的售票亭附近，有一名身形高挑的女子正佇立著。

素色短袖加上貼身牛仔褲，女子打扮得相當休閒，烏黑的髮絲綁成長馬尾，太陽眼鏡遮去了她半張面孔。不過從那形狀姣好的嘴唇，以及纖細的下巴線條來看，不難猜出應該是位美麗的女性。

雖說女子的雙眼被太陽眼鏡擋住，但從她臉龐面對的方向，可以看得出來，她的眼神落在了川芎等人身上。

「哥哥，那位是……」藍采和微瞇著眼，認不出對方是誰。事實上，他目前所認識的人類，也僅有林家兄妹和薔蜜而已。

一想起那名既是川芎的責任編輯，又是其青梅竹馬的女性，藍采和的腦海中自然而然地浮出一抹總是穿著套裝的幹練身影。

藍采和忍不住搖頭，面前的女子與他記憶中戴細框眼鏡、長髮披肩的張薔蜜一點也不像。

「俺覺得很熟悉耶，那位光看半臉就知道絕對是美女的漂亮姊姊。」緊接著，又有道男聲響起，卻不屬於川芎，也不是藍采和的聲音。

發覺男聲是從自己背後冒出，眉眼秀淨的黑髮少年神色不動，依舊維持著一貫的溫和微笑。然後他看也不看地直接向後伸手，將從背包口探出葉子的阿蘿毫不客氣地硬塞回去。

「再跑出來一次，老子會喀嚓掉你唷。」藍采和笑意盈盈，但眼中閃動冷酷。

「喀嚓？」對新名詞感到不解，求知欲旺盛的莓花眨巴著眼睛，好奇地看向身旁兩位男性加一位女性。

川芎臉色沉下，險惡的眼神彷彿一把刀，扔向說出這詞的罪魁禍首。

「藍采和，我警告你，不准在我家莓花面前說一些有的……」只可惜川芎的威脅還沒說完，他的眼角餘光就先瞥見有人朝他們越走越近。

是那名戴著太陽眼鏡、綁著馬尾的高挑女子。

川芎的臉色這下子轉成鐵青，他的模樣就像被猛獸盯上的獵物，亟欲脫逃卻無能爲力。

對於這名總是表情凶惡，似乎不畏怕任何事物的男人來說，實在是極爲罕見的事。

莓花起初也滿臉困惑，不過兄長的反應似乎提醒了她什麼，她雙眼隨即一亮，綻放開心的笑顏。

「葛格、葛格！」她欣喜萬分地叫嚷，「是薔蜜姊姊！是薔蜜姊姊耶！」

啊咧？藍采和與何瓊大吃一驚。

「小莓花眞厲害，一下子就認出我是誰呢。」女子在川芎等人面前站定，她摘下太陽眼鏡，露出白皙美麗的面孔。

赫然就是薔蜜沒錯。

「因爲啊，能讓葛格想要逃跑的人，就只有薔蜜姊姊了呀。」受到誇獎的莓花有些害羞，她抓著草帽邊緣，臉蛋紅撲撲的。全然不知自己無心的話，戳中了兄長無防備的內心。

常常因爲拖稿，不得不跑給責任編輯追殺的林家長男，彷彿要掩飾什麼地咳了幾聲。

「眞的是薔蜜姊耶……」藍采和喃喃地說道。他還是頭一次看見薔蜜穿這麼休閒，難怪自己方才一下子認不出來。

「薔蜜姊，妳今天沒戴眼鏡？」何瓊好奇地問，「可以不用戴嗎？」

「我今天戴隱形眼鏡。」

薔蜜微笑，指了指自己的眼睛，縱使視線落在兩名年少仙人身上，但另一手也沒閒著，依舊精準地抓住想要後退的川芎肩膀。

「行了，川芎同學，你的截稿日還沒到，我來這不是要催你稿，用不著一副見鬼的樣子。」

靠，妳根本比鬼還恐怖……這句話，川芎當然不敢說出口。

「還是說……」話語一頓，薔蜜挑高細細的眉毛，她轉頭盯住川芎，眼神瞬間變得銳利，「你已經篤定這次無法如期交稿了嗎？」

「喂喂，別胡亂詛咒人。」川芎不高興地瞪了好友一眼，一點也不想承認自己是被催稿催怕了，才會看到她就下意識想跑，「妳怎麼會來這？」

「編輯的第六感告訴我你們會來。眞相信了？我是開玩笑的。」薔蜜重新戴上太陽眼鏡，「其實是我自己想來這玩，沒想到會看見你們。不過……」

「不過什麼？」川芎皺起眉，總覺得這兩字透露出某種不祥的味道。驀地，他的臉色再度變得鐵青，連忙揮開還搭在自己肩上的手，反射性就要與面前女子拉開距離。

但，薔蜜的動作更快，剛被揮開她又迅速地抓住他的手臂，纖白的手指緊緊扣住，不給對方再次逃脫的機會。

「嘿，這是對待認識十幾年的朋友的態度嗎？」薔蜜淡淡地說。

「見鬼了，殘害他人心靈就是朋友該做的事嗎？」川芎不甘示弱地吼道，「張薔蜜，快放開妳的手，這回我說什麼也不答應！」

答應？答應什麼呢？藍采和納悶地與何瓊交換一眼。

答案很快揭曉。

「川芎同學，只是陪我玩個雲霄飛車和自由落體，是男人就拿出男人該有的氣魄。」

「誰會有陪妳玩三、四十次的氣魄啊!張薔蜜,我叫妳放開!夠了,別拉著我……該死的,不要趁機對我使出鎖喉技!」

無視發出慘叫的青梅竹馬兼手下作者,薔蜜就這麼強制性地將對方拖往遊樂園門口。

何瓊與藍采和牽起莓花的手,也一起跟了上去。

非假日的熊寶寶樂園內,確實不見太多遊客,許多遊樂器材前也少了排隊的人龍。

旋轉木馬、摩天輪、自由落體、雲霄飛車……對這一切都感到新鮮的藍采和與何瓊睜大眼,不停地東張西望,眼中滿是躍躍欲試的光芒。

而雖然已經來過熊寶寶樂園數次,但瞧見園內滿是自己喜歡的小熊裝飾,莓花的小臉蛋也染著興奮開心的色彩。

所有人當中,唯有川芎臉色發青——因爲他的脖子仍被一隻手臂牢牢攬住。

「小莓花。」勾住川芎脖子的薔蜜露出微笑,「可以跟妳借一下川芎嗎?晚點就還妳。」

「當然可以啊!莓花會乖乖跟小瓊姊姊他們在一起。」完全沒接收到兄長的求助訊號,林家么女用力地點著頭,殊不知自己此舉是將川芎送入地獄裡。

「等等,莓花,哥哥比較想陪妳……」川芎試圖做最後的掙扎,他努力地朝莓花伸出手,可惜妹妹卻誤解他的意思,反而天真地揮手跟他說再見。

「好了，林川芎先生，就讓我們一起去盡情地抒發壓力吧。」薔蜜無視還在垂死掙扎的好友，她以指腹推了下太陽眼鏡，手臂牢牢扣住對方頸部，不由分說地將人帶離現場。

五人組頓時剩下三人。

哥哥，你保重啊。藍采和在心裡默默爲川芎祈禱，接著他彎下身，準備詢問比較熟悉遊樂園的莓花接下來該去哪裡，耳邊卻先捕捉到一聲少女的輕呼。

「啊，是小貓。」

何瓊的目光被碰巧經過的貓咪吸引，她本就極喜歡小動物，眼裡頓時染上喜悅。

「不好意思哪，小藍，我去找那隻小貓聊天，你們就先去玩吧。」

也不等同伴回應，那抹嬌俏的墨綠身影便已奔向虎斑花色的貓咪。紮綁在兩側的長長馬尾，隨著奔跑的動作帶起了弧度。

「等等！小瓊妳……」

眼見何瓊說消失就消失，藍采和只能嚥下剩餘的話。他刮刮臉頰，視線重新投向身旁的莓花。

「這下子剩我們兩個人了呢。哎，莓花有比較想去玩什麼嗎？」

莓花沒有回答，她紅著臉，雙手緊緊將草帽抱在胸前，心臟撲通撲通地跳——現在只剩她和小藍葛格。

紅暈從臉頰一路蔓延到耳朵，就連脖子也被暈染成鮮艷的顏色。小女孩扭捏地垂下眼，很想說「如果是和小藍葛格在一起，去哪裡都可以」。

「我、我……」莓花好不容易鼓起勇氣，她抬起頭，然而在望見那張近距離的和煦笑顏時，所有話頓時忘得一乾二淨，腦袋裡像發生了大爆炸，「砰」的一聲，炸成一片空白。

藍采和不知什麼時候蹲下來，視線與莓花平行，臉孔湊得很近很近。

「莓花？」小女孩的呆愣讓藍采和有點擔心，他伸出手，打算摸摸她的額頭，如果不是有誰忽然大叫的話。

「嘿，夥伴、夥伴，你摸下去的話，小姑娘說不定眞的會自爆呀！」

聲音從藍采和的背包內傳出，本來合上的背包被一股力道推開一點細縫，露出一截翠綠。

那是阿蘿的葉子。

從背包本身就有的小洞向外看去，確定附近沒有其他人後，阿蘿小心翼翼地探出部分身軀，露出一雙細眼睛。

「小藍夥伴，俺也想要和你跟小姑娘逛遊樂園啊！」趁少年還沒動手喀嚓掉自己之前，阿蘿拚命眨眼，設法擺出一副最楚楚可憐的表情。

「唔……」沒點破自家蘿蔔的表情比較像是眼睛抽筋，眉眼秀淨的少年摸著下巴，發出思考中的單音。

「那個啊……」莓花細聲細氣地開口，吸引了一人一蘿蔔的注意力，「阿蘿要不要跟我們去逛鬼屋？那裡黑漆漆的，阿蘿應該不會被人看到呢。」

內部整修，暫停開放。

寫有這八個大字的公告，就這麼醒目地貼在一幢外觀陰森的屋子外。不僅如此，建築物周遭還拉起一圈黃線，禁止遊客隨意進入的意味相當明顯。

沒想到剛好遇上鬼屋整修，藍采和與莓花呆立在外，兩人怔怔地盯著面前緊閉的大門。

「啊啊，居然這麼不巧……」藍采和苦笑，心裡確實有幾分失望，「沒辦法了，莓花，我們乾脆先去找哥哥……」

「夥伴，你看！」躲在背包裡藉由小洞窺視外界的阿蘿，驀地發出一聲驚呼。

藍采和沒問它要看什麼，因爲他也看到了。

照理說緊閉著的大門，竟然自內開啓，緊接著，探出一張年輕的男性面孔。

「咦？」男子顯然也對藍采和與莓花的存在感到吃驚，他把門推得更開，可以瞧見他身上穿著一件黃背心，背心兩邊還寫有「熊寶寶樂園」的字樣。

男子似乎是遊樂園的工作人員。

「你們是想玩鬼屋的客人嗎？」男子很快露出親切的笑容，「不好意思，因爲剛剛才把場地確認完畢，還來不及移走外面這些東西。」

男子指的是貼在牆壁上的告示，以及圍在鬼屋外的黃線。

「所以已經可以玩了嗎？」藍采和問道。

「當然！兩位客人想進來的話，隨時歡迎！」男子笑咪咪地說，但他的表情隨即又浮上一絲遲疑，「該不會……眞的只有你們兩人而已？沒有其他大人陪同？」

不能怪男子這麼問，畢竟站在他面前的小女孩年齡稚幼，似乎是哥哥的少年又膚色蒼白，渾身散發出強烈的弱不禁風感。

「呃，你們要不要再多找一點人過來玩？」男子好心地建議道：「我們的鬼屋，眞的眞的很嚇人喔。」

「莓花覺得呢？」藍采和徵詢小女孩的意見。

「莓花不怕。」莓花認眞地挺起胸膛。

「沒錯，俺也不怕！鬼屋再怎麼嚇人，也絕絕對對比不上那個刻薄、陰沉、陰險的鬼針抓狂時，還要來得可……嗚喔！」

背包內的發言被人一把掐斷。

「沒關係，就我們兩個人。」藍采和綻放笑意，眉眼笑得彎彎的。他收回使勁捏住背包一角的手，瞥見背心口袋內有蠢蠢欲動的跡象，藍采和不動聲色地伸手拍了下，口袋內又恢復平靜。

面對少年的笑顏，男子只好點點頭，他側過身，讓出通往鬼屋的通道。

門後沒什麼光，隱隱還有奇異的聲響。搭配裝飾在建築物屋頂和牆上的鬼怪雕塑，更令人覺得陰森。

「兩位客人請直接進去。我得先把外面收拾乾淨，免得其他客人以為這裡還在整修。」男子說。

藍采和毫不猶豫地拉起莓花的手進入，用不著多久，一大一小的身影便被建築物深處的黑暗吞沒。

確定少年與小女孩進入鬼屋，穿著背心的男子卻沒有如方才所說，收起牆上的告示與屋外的黃線，反而轉身跟著走進鬼屋，並且反手關上大門。

在門板閉闔的前一剎那，陽光順著縫隙鑽入，正好穿過男子的身體，穿過那具——瞬間變成半透明的身體。

大門終於關起，貼著「內部整修」告示的鬼屋再也沒有人接近。

偶爾有些年輕人從旁走過，他們沒有停留，只是隱約飄出竊竊私語。

「果然還在內部整修，都整修一個多月了……」

「我看他們也不敢隨便開放……」

「誰教那個鬼屋裡，聽說真的有那個……」

「下次偷偷來這辦試膽大會？」

「什麼？才不要呢！」

竊竊私語越飄越遠。

被黃線圈繞在中央的陰森建築物，彷彿被遺棄在世界外，靜靜地矗立著。

鬼屋比想像中陰暗，幾乎伸手不見五指。

藉著不知從哪透出的微弱光線，藍采和可以大致看出這幢鬼屋的內部，是被設計成洞窟形式。凹凸不平的壁面乍看下就像真的岩壁，頭頂也分布著垂掛的岩柱。

怕莓花看不清楚路，容易絆倒，藍采和牢牢地牽著她的手，還不忘放慢腳下速度。

鬼屋裡實在太過安靜，以至於任何一點聲響都變得格外清楚。

腳步聲、呼吸聲，還有背包翻開的窸窣聲音。

「小藍夥伴。」

頂著翠綠葉片的人面蘿蔔俐落爬出，佔據藍采和右肩的位置。

「怎麼好像太安靜了？不是應該會有鬼衝出來嚇咱們嗎？俺都已經準備好盡情地尖叫一番了耶。」

這也是藍采和心中的疑問。雖說這是他初次來到遊樂園的鬼屋，可電視上介紹過鬼屋究竟長什麼樣。

最起碼，不該安靜到死寂，彷彿他們真的走在一個深幽的洞窟中。

「莓花，鬼屋都是這樣的嗎？」藍采和輕聲詢問在場的唯一人類。可也不知小女孩是分心還是沒聽清楚，頭低低的，沒有回應，「莓花，莓花？」

見狀，藍采和稍微放大音量。只是他這一喊，反倒嚇著了林家么女。

「咦？哇啊！」莓花差點蹦跳起來，她睜圓一雙大眼睛，眼裡有著驚魂未定，「什、什麼？小藍葛格你說什麼？」

「莓花，妳還好嗎？」藍采和停下腳步，他發現莓花的臉蛋依然紅通通的。不過鬼屋裡面既曬不到太陽，溫度也偏涼，他不禁更加擔心。

「莓花、莓花……」小女孩結結巴巴地說，其實她依舊沒聽清楚藍采和在問什麼。和藍采和獨處一事，已經讓她的小腦袋因過度緊張而難以運轉了。

「夥伴，這就是純情少女心啊。」坐在藍采和肩上的阿蘿，有感而發地說道。

藍采和可不管什麼少女心或蘿蔔心，他只是擔心莓花的情況。可是，就在他想要抱起莓花的瞬間，鬼屋內的光倏地變亮。

問題是，那並不是使人安心的光亮。

一盞、兩盞、三盞……短短時間裡，通道兩側平空冒出數盞青綠色的火焰。色澤不祥的火焰在無風的環境中不住飄晃搖動，於壁面上製造出詭譎的陰影。

「太神奇了，夥伴！原來人界的鬼屋這麼有氣氛！」阿蘿興奮地揮舞著它的小短手。

「這個嘛，我個人是覺得有氣氛過頭了呢。」藍采和撫下嘴唇，墨黑的眸子躍上警戒。他不像阿蘿那般樂觀，尤其在他望見莓花流露出的慌張之後。

「小藍葛格，好奇怪……」莓花捉著藍采和的手，語帶怯意，「莓花以前跟葛格來的時候，沒有見過這個……」

青綠色火焰無預警地漲大，幾乎直衝天花板。同時間，周遭的岩壁好像也在扭曲變形。奇異的聲響迴盪在這個空間，聽起來像是「啪」的一聲，宛若有什麼自地底破土而出。

當「地底」兩字閃過腦海，藍采和反射性低頭向下望，超乎尋常的景象頓時闖入眼內。

「靠杯。」藍采和低聲罵出一句，他沒有遲疑，當機立斷地抱起莓花，轉身就跑，「莓花，閉上眼睛，我說張開再張開！」

還弄不清楚是發生什麼事，莓花下意識先緊閉眼睛，怕自己無意間睜開，還用兩隻小手摀住。

「夥伴，怎麼了？」受藍采和猛然轉身奔跑的影響，阿蘿險些從他身上掉落。它眼明手快地扒住對方肩膀，兩條小短腿懸空，「發生了什麼事啊，夥伴？」

「後面有問題，而且是很大的問題。」藍采和飛快回話，他緊抱莓花，不敢放慢腳步。

「後面？」捕捉到關鍵詞的阿蘿連忙發揮自傲的柔軟度，它努力地扭過半邊身子，下一秒，它的細眼睛睜到最大，「咿啊啊啊！」

頂著翠綠葉片的人面蘿蔔爆出尖叫。

就在後方，特意做得有些崎嶇的地面上，居然竄出一隻隻森白手骨。

沒有任何血肉附著的手掌充滿規律性，一隻接一隻破地而出，一路朝藍采和身後逼近。五指張開的姿態，簡直就像朵朵盛開的蒼白花朵。

「怎麼辦？怎麼辦？」阿蘿繼續尖叫，「俺忘記帶相機拍照了啊，夥伴！這絕對可以被『驚奇！你所不知道的超自然世界』採用的！」

藍采和沒有搭理自家蘿蔔，他的雙眼忽然納入一抹身影。

兩側的青色火焰勾勒出對方的相貌。

年輕面孔、印有「熊寶寶樂園」字樣的工作背心，出現在前方的，赫然是稍早前和藍采和他們有著一面之緣的男子。

「我不是告訴你們，我們的鬼屋，眞的眞的很嚇人嗎？」

彷彿沒看見那詭異至極的火焰，也沒看見追趕藍采和他們的手骨，男子咧出微笑，身影變得半透明，笑容越咧越大，直到耳根之後。

下一剎那，男子身形就像吹了氣般猛然脹大，頭頂至最高處，身體微彎，像箭矢朝下方的藍采和撲去。

相貌秀淨的少年凌厲地瞇細眼，後方是即將逼近的森森白骨，前方是朝自己衝來的非人男子。他沒有絲毫猶豫，左手緊抱莓花，右手向後探去。

事情發生在一瞬間。

藍采和捉住阿蘿，迅雷不及掩耳地朝男子的臉猛力砸下。

但教人出乎意料的事情發生了。

被當成武器使用的阿蘿穿過了男子的身體，從臉部毫無窒礙地滑至腰間，然後重重地撞上什麼。

「好痛！好痛！」小孩子的哭叫爆發出來，「嗚啊啊！」

什麼？藍采和大吃一驚，硬生生收住右手力道。

與此同時，面前的巨大男子身影宛如氣泡一樣破裂，轉眼消散得無影無蹤。就連兩側的火焰和後方的白骨也一起消失，取而代之的是一抹矮小的人影跌坐在地。

那是一名年紀和莓花差不多的小男孩，臉蛋和眼睛都圓圓的，穿著格子短袖，不過那半透明的身形，卻也顯示出他絕非人類。

小男孩捂著腫了一個大包的頭，哭得淅瀝嘩啦的，小臉爬滿淚痕。

「好過分、好過分……居然對一個手無寸鐵的小孩下這種毒手……」小男孩淚眼汪汪地指控，「嗚嗚嗚，怎麼可以拿蘿蔔……咦？蘿蔔？」

小男孩哭聲驟歇，他眨眨蓄滿淚水的眸子，慢慢地再將藍采和手中的「凶器」仔細看過一遍。

是蘿蔔沒錯，而且還是一根有手有腳還有臉的人面蘿蔔。

「咿！蘿蔔妖怪！」

小男孩驚恐尖叫，他急忙往後退。受到驚嚇的他壓根沒發現，黑髮少年的背心口袋內，有一縷黑霧疾速騰竄出來。

「嘿！俺哪裡像妖怪了？像俺如此玉樹臨風、英俊又充滿男子氣概的蘿蔔，怎麼可能會像那種嚇人的東西！」

覺得自己被侮辱的阿蘿跳下地，雙手扠腰，綠色的葉片豎得筆直。

「而且要說恐怖，你後面的那個才叫超級恐怖啊！」

那個？哪個？小男孩一愣，隨即感覺自己背部抵上某個東西。可是，不是牆壁。

小男孩背脊一僵，慢動作地仰高小臉，映入那雙眼眸內的，是一雙陰冷狠戾的眼睛。

擁有那雙可怕眼睛的，是一名膚色蒼白的男人。黑色的長髮就像連光也無法透入的闃暗河流，全身上下籠罩著教人膽顫心驚的冰冷氣勢。

小男孩想要悲鳴，聲音卻哽在喉嚨裡。

「藍采和，這東西要處理掉嗎？」就連男人的聲音也是陰冷的，他單手拎起瑟縮成一團的小男孩，眼神傲慢地睥睨。

「小藍葛格，我聽見鬼針的聲音，他也有來嗎？」仍然乖乖捂著眼的莓花問，全然不清楚此刻的情況。

「是啊，他也有來呢。」

藍采和先柔聲回答了小女孩的問題，接著才對男人輕揮下手。

「放開他，鬼針，別嚇著人家小孩子。你也還沒養好身體，別浪費多餘的力氣現身。」

「如果不是你被這種東西嚇到哇哇叫，我又何必出來？」名爲「鬼針」的男人唇角扯出刻薄的弧度。

正如其名，這名黑髮白膚的男人原形是鬼針草，是藍采和的植物。

雖然嘴上這麼嘲諷，但鬼針仍鬆開了手，讓無防備的小男孩跌坐在地面上。緊接著，鬼針的身影扭曲模糊，瞬間改變形體，縮成巴掌大的迷你尺寸。

無視小男孩目瞪口呆的表情，鬼針飛回藍采和身前，鑽入他的背心口袋——原來，這就是他背心口袋鼓鼓的原因。

「你們、你們……」小男孩不敢置信，顫顫地伸出食指，「你們不是人類……」

「這位可愛的小姑娘是人類沒錯喔。至於俺怎麼看，都是一根帥氣十足的優良蘿蔔！」阿蘿挺起胸膛，「然後在俺身後的，是比俺還要更加帥氣的小藍夥伴！」

小男孩看看阿蘿，又看看藍采和，再看看被人抱著的莓花，眼神驚疑未定。

「你不像是一般幽靈。」藍采和放下莓花，輕拍她的頭，示意她可以睜開眼睛。他走至小男孩面前，若有所思地凝視對方，「應該說，你真的是幽靈嗎？」

「你竟然連這也看得出來？」

小男孩睜大仍含著淚水的眸子，感覺又有眼淚滑下，他趕快抹了抹臉。

「其實、其實，我是這間鬼屋的意識體。你們不是普通人，應該也知道有些東西年紀大了，就會擁有意識。」

「這俺知道，人界很多精怪都是這麼來的。」阿蘿插嘴。

小男孩點點頭，「我本來也是乖乖待著，不亂跑，不亂嚇人。可是、可是……」

「可是？」莓花好奇地問。

沒想到她這一問，似乎無意中戳到小男孩的心靈創傷，頓時只見小男孩眼眶一紅，又一次嚎啕大哭，響亮的哭聲迴盪在通道內。

「我是鬼屋啊！可是現在的人……根本就不覺得鬼屋可怕！」小男孩哭得悲憤，「你看，就連這個小姑娘見到我也沒感覺……這樣下去，我的屋生根本就沒有意義了啊！」

哎呀……藍采和刮刮臉頰，不知道該怎麼跟小男孩解釋，莓花已經看過更驚人的東西了。不過從小男孩的哭訴中，藍采和總算明白對方嚇人舉動的眞正原因。

——既然鬼屋裡的人爲設備不可怕，那麼「鬼屋」決定自己主動變得更可怕。

「只是對一般人來說，可能可怕過頭了一點，我想你還是先安分一陣子比較好呢。」

「嗚嗚，其實我最近也這麼覺得……」

「等你修整好後，我會請哥哥盡量多帶我們過來玩。」

「俺可以跟小姑娘一起在你身體裡用力尖叫唷。」

「莓花，會努力尖叫的。」

「嗚嗚嗚，謝謝你們，你們都是好人……」小男孩吸吸鼻子，眼中充滿感動，「尤其是那位皮膚白白的小哥，我還以爲像你這種弱不禁風的類型，會不喜歡到鬼……」

啪嚓。

「那個，我好像聽見什麼斷裂的聲音？」小男孩停止哭泣，遲疑地東張西望。

「啊哈哈，其實那是小藍夥伴理智斷裂的聲音……莓花小姑娘，快把耳朵捂起來！」阿蘿的乾笑拔成尖叫。

莓花反射性捂住雙耳。

幾乎同一時間。

「趕羚羊咧！你他×的說誰弱不禁風又沒男子氣概？」

至方才爲止，都還掛著溫和微笑的少年，此時扭曲了臉，一張秀淨的臉蛋變得比惡鬼還猙獰嚇人。

「你哪隻眼睛看到老子沒男子氣概了？要不要老子脫下褲子給你看啊！」

「咿！我我我，我明明只是說你弱不禁風……」小男孩含糊悲鳴，瞧見少年一拳重擊身旁梁柱後，頓時噤了聲。

藍采和，性別男，眞實身分爲八仙之一，外表秀淨瘦弱，但最痛恨有人說他「沒男子氣概」或是「弱不禁風」等詞彙，一聽見就會失去招牌笑容，當場抓狂。

並且，身懷怪力。

無比盛怒下的那一拳，結結實實地砸在鬼屋內用來支撐屋頂的梁柱上。緊接著，一陣細微聲音在眾人耳內響起。

有什麼東西「啪啦」一聲裂開了。

所有人，包括出拳的藍采和，全都慢慢地循聲轉頭。映入四雙眼睛裡的，是梁柱裂出紋路的光景。而且那如同蜘蛛網的紋路，還在一路向上快速蔓延，眨眼間，已逼近天花板。

「慘了……」身為鬼屋意識體的小男孩喃喃地說，「那塊區域本來就不牢靠了……」所以接下來會怎樣？沒人問這問題，四雙眼睛都瞧見那根柱子開始碎裂，然後就是……

「玉帝在上，不會吧？」尋回理智的藍采和吐出呻吟，他向後退了一、兩步，抱起莓花和阿蘿，拔腿就跑。

重物乒乒乓乓地砸下來，部分天花板正在場陷。

「快跑！快跑！出口就在前面而已！」小男孩飄了起來，慌張地大聲喊叫。他只是意識體，就算被砸到也不會有事，但其他人卻不一樣。

「藍采和，你動作再快一點。」陰冷男聲平空出現，漆黑的黑霧飛快竄出藍采和口袋，迅速攀附上天花板。

藍采和清楚鬼針正在扭曲上方的空間，以確保他在奔跑時不會遭遇意外。

藍采和使盡力氣地跑，身後坍塌的聲音剎那間似乎變得遙遠。半透明的小男孩則搶先從他們身邊飛過，替他們撞開密閉的大門。

猛烈的光線湧入。

藍采和瞇著眼，大步一跨，衝出建築物。

見藍采和等人確實脫逃，能夠扭曲空間的鬼針收回能力。

變為迷你版的鬼針落足於藍采和肩上時，鬼屋內又傳來一陣響亮聲響，隨後終於歸為沉寂。

鬼屋屋頂破了一個大缺口，即使是站在屋外的藍采和他們，也可以望見陽光正筆直地射進那半邊的大洞。

「小藍！」

墨綠色的嬌俏身影出現，綁雙馬尾的少女從另一個方向跑來，腳邊還跟著一隻虎斑貓。何瓊跑得有些急，一下子就衝到藍采和身前。

「小藍，你們跑去鬼屋了嗎？」何瓊喘著氣，「小貓咪告訴我，鬼屋裡是眞的有……」何瓊睜大貓兒似的美眸，她察覺到小男孩的存在。

「有其他人過來了，你們先躲起來。」小男孩沒有解釋自己的身分，他臉上突然湧現緊張，連忙推著藍采和。

藍采和也知道眼下情況不適合被人撞見，朝何瓊使了記眼色，便抱著莓花與阿蘿匆匆躲到附近的樹叢後。

過不了多久，遠處又跑來幾個男人。幾人身上都穿著印有「熊寶寶樂園」字樣的背心，明眼人一看就知道是遊樂園的工作人員。唯有一名中年男人穿著西裝，身分明顯不一樣。

不過不管是誰，都沒看見半透明的小男孩。

「這、這是怎麼回事？好端端的，鬼屋怎麼會……」一望見塌了部分屋頂的建築物，工作人員不禁傻了。

「立刻派人檢查裡面情況，確保沒人被困在鬼屋裡！」穿著西裝的中年人比較鎮定，他果斷地下達命令。

「是，我們已經在聯絡人了。老闆，你看這幢鬼屋是不是……」

「就順便徹底地翻修一次吧。」

「咦？不是要關了它嗎？」

「誰說要關的？遊樂園怎麼可以沒有鬼屋。」

「但、但是，聽說裡面……」

「在動工之前，找一天好好地做場法事。就算眞有什麼，相信對方也不會特意鬧事，記得態度要尊敬愼重。」

「是、是！」

「趁這個機會，好好地再打造一間更吸引人的鬼屋吧！」

從樹叢後，可以看見中年人慷慨激昂的表情，也可以看見小男孩笑得一臉開懷。

注意到樹叢後的目光，小男孩轉過頭，笑容咧得更大、更開心。他向藍采和他們揮揮手，無聲地說：

下次一定要再來喔！

同一時間，位在遊樂園另一端的川芎和薔蜜。

「走吧，川芎同學，我們的雲霄飛車還沒搭夠本呢。」

「妳都快搭三十次了……妳就不能放過我嗎？我告訴妳，張薔蜜，我比較喜歡腳踏實地的感覺，妳就自己一個人……」

「那怎麼行呢？男人怎麼可以把女伴扔到一旁？好了，振作點，我們還有二十一次沒搭，我打算要湊滿五十次呢。」

「五十次？妳乾脆殺了我比較快……放手，張薔蜜！使用關節技是犯規……該死的，老子這輩子再也不玩雲霄飛車了——」

〈遊樂園大冒險〉完

年來了

楔子

或許在一般人的想像中，如果世上眞有神仙存在，那麼他們一定過得非常幸福，不須工作，也不須煩惱凡間俗事，只要悠閒度日就好。

事實上，這世界確實有仙人存在，一部分仙人就處於人界中。只要不主動暴露身分，誰也不會想到偶爾和自己擦身而過的男女老幼，就可能是神仙。

而大部分的仙人則待在天界，他們各司其職，認眞負責自己的工作。

就像現在，即使已是天界的夜晚，依舊有一名男人在執行他的工作。

「眞是的，這種早晚巡視還眞累人……」綁著長馬尾的綠眼男人掩嘴打了個呵欠，就算眼下自己待著的這座建築物裡並無他人，他還是沒辦法做出張嘴大打呵欠這種事。

這不僅有失優雅，而且萬一被哪位女性仙人撞見，形象豈不大打折扣？

這種自我要求也許龜毛了點，不過對呂洞賓而言，好男人就是無時無刻都要維持優雅瀟灑的形象，絕不能在女性面前丟臉！

忍住想打第二個呵欠的衝動，呂洞賓繼續走在寬敞的拱廊上。雖然四周不見燭火之類的照明物，但這座拱廊的牆壁和廊柱本身便發著薄光，一點也不用擔心視線問題。

呂洞賓此刻待著的建築物是天界的甲寶庫——天界共有二十二座寶庫，照著天干地支命名，也有人猜測當初蓋寶庫的人估計是懶得想名字——至於他正在做的事，則是巡視寶庫，檢查有沒有出什麼亂子。

原本這並不屬於呂洞賓的工作，但誰教他前陣子跟甲寶庫的看守員玩PS5輸了，只好答應對方來代幾天班。

「啊啊，早知道就不玩了……都是這雙手，都是這雙手不好。」呂洞賓懊悔地嘟囔著，他穿過安靜的拱廊，來到一扇大門前，門上掛了張名牌，寫著「孵育室」三個大字。

呂洞賓從腰間取下一塊小巧翠綠的令牌，將其貼近門前，頓時就見令牌發出微光，同時大門自動開啓。

呂洞賓舉步走入，裡面是一處相當大的空間，有無數透明箱子分門別類地擺放著。箱子裡放著或大或小的蛋，就連蛋殼顏色也不盡相同。

那些箱子是專門用來孵育蛋的保溫箱，而那些蛋正是孵化中的各種珍獸。

呂洞賓一排一排地巡視著，順便看一下浮現在保溫箱上的數字，以確定這些蛋何時會破殼而出。假使時間快到了，就要趕緊移出蛋，安置到另一間專門的房間。

第一排沒問題……第十排沒問題……第十八排沒問題……花了一段時間，呂洞賓終於來到最後一排。他看著那一顆顆蛋，滿意地在紙上記錄。看樣子今天也沒什麼問題，接下來只要再撐個幾天，就可以扔開這個枯燥乏味的工……作。

呂洞賓腳步忽然停下，他覺得自己好像看到什麼。不，也許是光線造成的錯覺，那不可能會發生的。

呂洞賓在心裡拚命說服自己，他僵在原地好幾分鐘，最後慢慢退回去。退到最後一排的第二十五個保溫箱時，他深吸一口氣，再迅速地扭過頭去。

沒有，什麼都沒有，保溫箱裡是空的。

正確來說，保溫箱不算是空的。裡面起碼還有蛋殼，只是蛋裡的東西不知道跑哪去了。

「不是吧……」呂洞賓倒抽一口氣，等他低下頭，看清保溫箱上頭標示的珍獸名牌後，他不只倒抽一口氣，臉上血色也褪去大半，「玉帝在上，不是吧……不是真的這樣的吧！」

呂洞賓哀叫起來，他急忙地又巡視一次孵育室。大門只有自己進來才會打開，所以說那孩子應該還在……

當呂洞賓剛好仰起頭、望見屋頂的一處小窟窿時，瞬間啞口無言了。他是有聽說這種生物力大無窮，但那孩子不是剛出生的寶寶嗎！

呂洞賓捂著額，無力得簡直要暈倒了。天知道那小東西會溜到哪……不對。

呂洞賓猛然回神，他想起關於這類生物的習性，牠們會下意識被人界吸引。沒錯，就是人界！

呂洞賓幾乎要跳起來了，隨手對屋頂的窟窿布下結界，他不敢再浪費時間，急匆匆地趕往某個地方。

仙人想要下凡，就必須到那裡辦理申請手續——仙人管理局，簡稱「仙管局」。

雖說已是大半夜，但幸好那棟外形像是特大號棉花糖的建築物依舊燈火通明，顯然還未關門休息。

這一刻，呂洞賓打從心底感謝仙管局最近改變制度，營業時間從朝九晚五變成二十四小時全日無休。

由於人界年關將近，所以最近有許多仙人趕回天界，就是想與親朋好友好好地過個年。為了應對這波返鄉潮，仙管局特地拉長營業時間，免得人群堵塞。

而歸來的仙人多，換句話說就是申請下凡的仙人變少了。

幾乎沒什麼排隊，呂洞賓就辦好申請手續。也不等專人帶領，便熟門熟路地往裡面衝——他之前在這代班過，所有步驟熟悉得很。

仙人要下凡到人世，首先要辦理申請，接著再去乙殼轉換室，把身體換成與人類無異的乙殼，同時抽取自己在人界的身分職業設定。

不過若之前已經申請過，可以決定要延續前次的乙殼設定，或是換一個新身分。

順利地將自己的身體變換成乙殼，呂洞賓奔出乙殼轉換室，來到一處高台，底下茫茫雲海繚繞，深不見底。

下方就是通往人界的通道。

呂洞賓深吸一口氣，正準備往下跳時，一道慵懶優雅的聲音響起。

「唷，洞賓。不遵守這的傳統，就想直接下去嗎？」

呂洞賓認得這聲音，一轉頭，果然瞧見一抹熟悉的身影雙手抱胸地站在後方。

那是一名個子和他差不多高的紅髮男人，頭髮亂七八糟地翹著，左眼下有條細細的小疤，卻無損那張英俊的臉孔。

男人身穿藏青色長袍，那同時也是仙管局的員工制服。不過只要再看向男人後背，就會發現他並不是正式員工，因爲衣上繡有「臨時打工」四個大字。

「是你啊，凝陽。」呂洞賓拍拍胸口，「你怎麼在這？還穿這樣？」

「我怎麼在這？」紅髮男人鬆開雙臂，挑起眉毛，語氣懶洋洋的，「怎麼，某人是忘了自己原本就有仙管局的打工，還跑去和別人玩PS5，結果玩輸又得多做一份工作，只好把仙管局的份硬塞給我了？洞賓，記憶不好是痴呆的前兆，我眞擔心你的腦袋。」

「啊哈哈哈，我只是一時忘記而已啦。」據說就是那個「某人」的呂洞賓爽朗地拍拍好友的肩膀，「是好朋友就不要太計較嘛。」

「說的也是。既然是好朋友，我就順便送你一程吧，用不著感謝我的好心了。」

男人仍是微笑，呂洞賓卻發誓他在對方眼中看見不懷好意的猙獰，心中頓生不祥預感。

「等一下，凝陽，你想做什麼？難、難不成你是想……」

「放心好了，我只是替你遵守仙管局的傳統。有人要下凡時，不都應該這麼做嗎？」男人繼續微笑，隨即在呂洞賓不及反應的瞬間，將他轉了一圈，然後快狠準地重重踹上他的屁股。

雲海間頓時只聽見慘叫聲不絕於耳。

紅髮仙人不知從哪裡摸出一根菸咬著。

「就當是我聽你悲訴千年暗戀史的一點小代價吧。一路順風哪，洞賓。」

壹 川芎的旅遊計畫

藍采和站在一扇閉掩的房門前，他深吸一口氣，覺得自己面臨了艱難的選擇——這門，究竟是敲，還是不敲？

不敲的話，沒辦法達成這個家的主人在二十分鐘前交代的任務；敲的話，有極高機率會被起床氣超大的門內人提刀追殺。

藍采和又深吸一口氣，他舉起手，卻遲遲無法敲下。噢，玉帝在上！有必要在這麼美好的早晨，給我如此恐怖的試煉嗎？

藍采和絕望得都想拿腦袋去撞門了，如果不是這麼做可能會吵醒房裡的大魔王，並讓對方怒火直接飆升破錶的話。

當然，房間裡並非眞的躺有什麼大魔王，起碼和故事書裡頭長雙角、樣貌嚇人的大魔王完全不一樣。

其實這間房的主人，是一名貌美如花、活潑可人的少女。只不過她的起床氣實在太可怕，造成旁人生命危險的機率太高，以至於在藍采和心目中，無疑就是恐怖大魔王。

當這個家的另一名小主人——倍受疼愛的林家么女打開自己的房門，揹著小熊背包走出來時，瞧見的就是藍采和呆立走廊的模樣。

「小藍葛格？」莓花微歪頭，困惑地望著五官秀淨、皮膚泛著不健康的白的黑髮少年。

藍采和外貌雖然看起來與普通人類差不多，可實際上，他的眞實身分是仙人，名號也廣為大眾知曉，就是八仙中的「藍采和」。

他在幾個月前誤打誤撞來到林家，成了長住房客，順便充當幫傭抵房租。而他眼下想叫醒的少女，全名是何瓊，同爲八仙之一，亦是林家的房客之一。

除了他們倆，林家其實還有第三位仙人，只不過他和林家的另一位主人出門了，暫時不在。

「小藍葛格，你在小瓊姊姊的房間前做什麼？」莓花好奇地問，她望了望一身輕便打扮的藍采和，自告奮勇地舉起小手，「我知道了，是要叫小瓊姊姊起床嗎？莓花來叫吧，小藍葛格你趕快去整理行李，葛格等下就回來了。」

「不行，絕對不行。」藍采和想也不想地馬上拒絕，他蹲下身子，雙手愼重地輕按在莓花肩上，眼神眞摯地望著她，「莓花乖，這種有生命危險的事妳絕對不可以做。妳先去客廳等哥哥他們吧，我很快就處理好這件事。」

莓花沒有聽清楚藍采和在說什麼。

暗戀的少年與自己靠得這麼近，有著柔軟鬈髮、蘋果臉頰和一雙圓亮眼睛的小女孩，早就緊張得不知該如何是好。她的心怦怦亂跳，最後只聽見對方溫柔地問了一句「好不好」，她傻乎乎地點頭，揹著小熊包包乖巧地先下樓。

藍采和重新站起來，他得趕快解決這事，不能再拖下去了。就像莓花說的，哥哥很快就會借到朋友的車回來，他們可是要去四天三夜的旅遊，而他的行李還扔在房間裡，尚未整理完畢。如果耽誤到出發時間……

唔啊！哥哥一定會黑著臉的……萬一不讓自己跟去，那豈不就糟糕了嗎？想到這裡，藍采和終於下定決心，他舉起手，就要豁出去地敲門，卻沒想到在指關節碰觸門板的前一刻，房門竟自動打開。

藍采和硬生生收手，「啊咧？」

「你的表情太吃驚了啦，小藍。我早就醒了，東西也都準備好了呢。」站在房內的是一名綁著雙馬尾的美麗少女，身上穿著極具特色的墨綠色女式西裝。她對仙人同伴綻露笑顏，外出衣著和手上提的小行李袋，都顯示她已經整理完畢。

何瓊上下打量藍采和，皺皺挺翹的鼻尖，「小藍，你再不快點會來不及喔，川芎大哥不是快回來了嗎？」

「妳以為我是為什麼浪費這麼多時間……」藍采和垮著肩嘆氣，可突然自屋外傳來的響亮喇叭聲，卻令他瞬間挺直了背，只差沒跳起來。

「小藍葛格！」坐在玄關處的莓花打開大門往外看一眼，又啪噠啪噠地跑到樓梯口，仰頭高喊，「葛格回來了唷！」

就像是在印證莓花的話，一會兒後，門外走進兩抹人影，一大一小。

大的那人是林川芎。發現藍采和還是兩手空空地待在二樓走廊，他板起臉，一雙又黑又凶的眼睛立即瞪過去。

「藍采和，不要跟我說你還沒準備好。」

至於跟在川芎身後，面無表情的黑髮小男孩就是這個家的第三名仙人，張果。由於抽到這副乙殼，他才會是孩童模樣，其實眞身是截然不同的姿態。

「哇！哥哥你再等我一下！我馬上就好！」被川芎這麼一凶，藍采和可憐兮兮地縮起肩，三步併作兩步地衝向自己房間。在打開房門前又轉頭大叫一聲，「眞的馬上就好了！」

門一關上，這名少年仙人卻沒有馬上行動。並不是他故意拖延時間，而是眼前的景象讓他呆住了。

……靠杯，這是啥鬼？

房間地板上，窩著多抹只有手掌大的迷你人影。他們全都背對藍采和，低著頭，專心致志地……在翻找撲克牌？

「玉帝在上，你們到底在做什麼？」藍采和回過神哀叫道。

一聽見他的聲音，那些本不該在常理中出現的迷你身影全轉了過來。他們有男有女，共同特色是相貌極佳，他們是藍采和的植物。

「鬼針、茉薇、椒炎、相菰、風伶、天堂、滿天星，你們誰來告訴我這是怎麼回事？」

藍采和一邊快速點過所有人的名字，一邊不浪費時間地奔向床鋪，將早準備好的東西全部塞進行李袋。

「你看不出來嗎？抽鬼牌。」黑髮黑瞳的陰冷男人說。

「我們在抽鬼牌呢，采和。」金髮藍眼的艷美女人說。

「這看也知道是幹啥吧？」紅髮褐膚的少年說。

「小藍主人不知道這遊戲嗎？」黑髮紫眸的小男孩問。

「主子，其實我玩不玩都沒關係。」雙眼閉起的銀髮男子說。

不等最後的橘髮少年和紫髮小女孩開口，藍采和猛然拉上行李袋的拉鍊，將袋子重重地放在地板上。

「我當然知道你們在玩、什、麼。」藍采和居高臨下地俯視植物們，一字一字地說，「我問的是，為什麼你們現在在玩這個？剛說過話的給我閉嘴，滿天星和天堂，你們解釋。」

「知道啦，采和主人。」滿天星眨眨漂亮的紫藍色大眼睛，「你們不是要出門玩嗎？大家也想光明正大地跟在你身邊，而不是待在籃中界裡。不過太多人你一定會很傷腦筋的，所以就決定抽鬼牌，誰抽到就留在外面。風伶是說他無所謂，但椒炎說每個人的機會要平均才行。」

「附帶一提，我也沒興趣，是小星要抽，我才陪她抽的。」天堂雙手抱胸，冷淡地說。

聽完這番話，藍采和才知道事情的來龍去脈。

他對所有植物露出一抹溫柔和煦的微笑，眉眼像是弦月彎彎，「哎，要我說的話——你們還是統統都給我待在籃中界吧！」

話聲剛落，他就迅速抓起自己的植物，動作俐落地一個個往床上的竹籃子裡塞。

眨眼間，房裡便只剩下藍采和一人。

「眞是……這種時候還給老子添什麼亂。」藍采和拍拍雙手。

「藍采和，你到底好了沒有？」

房外又傳來催促的叫喊，顯然川芎已經等得不耐煩了。

「好了！已經弄好了！」藍采和趕緊大叫一聲，不敢再多逗留，他抓起行李和籃子，快步衝出房間。

客廳裡獨剩林家長男。

「其他人都在車上等。」川芎用下巴比了比大門外，「動作快點，我要鎖門了。」

藍采和擺出敬禮的手勢，難掩興奮地跑到屋外的車子前。

副駕駛座已經被張果佔去，藍采和覺得有點可惜，但看見後座的莓花正向他招手，他還是開心地鑽進車子裡，他在何瓊眼中也看見對這次旅行的期待。

過不久，川芎也回到車上。

發動引擎前，他扭過頭，再跟後座三人做最後一次確認，「東西都帶齊了嗎？有沒有什麼忘了帶？莓花，妳的漢妮拔有記得帶嗎？沒帶的話，哥哥怕妳睡不著。」

「葛格討厭啦！」莓花鼓起腮幫子，眼睛瞪得圓圓的，「莓花已經長大了，沒抱漢妮拔熊熊也睡得著。」

「好好好，莓花最厲害了。」川芎笑容滿面地摸摸莓花頭髮，視線再轉向何瓊，「小瓊呢？」

「沒有唷，川芎大哥。」何瓊笑吟吟地說道。

「藍采和你呢？」

「哎，我也沒有呢。我……」藍采和不知道是想到什麼，微笑瞬間僵住，他低罵一句疑似「靠杯」的話，隨即打開車門衝下去，「哥哥對不起！我真的有東西忘了拿了！」

等到那名少年又慌慌張張地衝回來時，已是三分鐘後的事了。

藍采和靠著椅背，膝上放著一個他從屋裡帶出來的背包。背包忽然動了一下，下一秒竟從內部被打開。

「小藍夥伴啊！你怎能對俺如此狠心？」一根有手有腳的人面蘿蔔冒了出來，它淚眼汪汪，一臉大受打擊地控訴著，「俺……俺差點就被孤單地扔下了啊！」

看著這根屬於藍采和植物的蘿蔔，川芎、莓花、何瓊先是愣了下，接著才恍然大悟地擊掌——還真的完全忘記阿蘿了。

「對不起啦，阿蘿，我忘記你說要去浴室塗防曬乳了嘛。」藍采和語帶歉意地說。

川芎沉默，視線上上下下地掃過白胖的阿蘿一遍。一根蘿蔔擦什麼防曬？當它真的會被太陽曬成黑蘿蔔嗎？

最後，林家長男放棄思考這個問題，套句他的青梅竹馬兼責任編輯說過的話——他是一名兼職小說家，本業則是大學生——認眞的話就輸了。

檢查過車門是否上鎖、安全帶繫了沒有，川芎發動引擎，踩下油門。

目標是四天三夜之旅的目的地，八薇鎭！

少了房客跟主人的林家大宅變得格外安靜。

雖說是一月底，農曆時間則是將近過年，但今日天氣格外明朗，渾然沒有冬季歲末的陰冷。亮晃晃的陽光從窗外照進，投映在地板上，替這幢大宅的靜謐添了一絲美麗。

突然，本應空無一人的客廳出現一抹身影。

呈現半透明的身影從通往地下室的門板後冒出來，穿著鮮艷的大花襯衫和海灘褲，腳下踩著一雙黑亮皮鞋，手上還提著特大號的行李袋。

「林川芎！林川芎！我也準備好了！你們是好了沒呀？」中年幽靈興沖沖地大喊。

幽靈的名字是約翰，是林家的隱藏版資深房客，只不過存在感太過薄弱，時常被人遺忘或叫錯名字。

「喂，林川芎？少年仔？妹妹？蘿蔔？漂亮姑娘？」約翰大叫好幾次，始終沒人出來回應。

約翰心裡逐漸生起不祥預感。不會的……不會發生這種事的……

約翰抓起行李袋，迅速拔高身形，他在屋裡到處亂鑽亂轉，試圖尋找其他人的蹤跡。

五分鐘後，約翰重新回到客廳。他面色灰敗，手中的行李「啪答」一聲墜落在地。

家中完全不見其他身影，大家的房間也都收拾得整整齊齊，所有證據都指向一個事實——

約翰被眾人遺忘了。

「又被……又被忘記了……」約翰就像再也承受不住巨大的打擊，他跌跪於地，雙手撐著地板，呈現坐姿體前彎的姿勢，「為什麼大家又把我忘記？我明明就是需要被愛護、被照顧，太寂寞會死掉的中年大叔啊！」

約翰忍無可忍地放聲大哭。

「太過分了！太過分了！虧我還特地為了外傳換上新皮鞋！為什麼大家還是忘記我啊啊啊啊——」

就在這陣嚎啕大哭中，林家客廳裡的電話同時響起。

高亢的鈴響讓約翰暫時止住哭泣，他吸吸鼻子，飛到電話前，猶豫地盯著響不停的電話。

約翰最終還是伸出了手——

「喂？」

貳 藍采和的災難

川芎一行人這次要去的地方是位在南部的八薇鎮。他們準備在以好山好水聞名、還有許多優質民宿的小鎮上，悠悠閒閒地度過四天。

是的，悠悠閒閒。絕不是某個小說家又因爲拖稿想躲避自家責任編輯，才從中部的豐陽市跑到南部的八薇鎮。

當初聽到這個四天三夜的旅遊計畫時，藍采和就曾認眞地問過川芎。

「哥哥，你一定要誠實地告訴我，你沒拖稿吧？不是又想躲避薔蜜姊的追殺吧？快過年了，薔蜜姊那邊工作壓力很大……咦？你問我怎麼知道？那個，我老實說好了。薔蜜姊前陣子有打電話給我，她說要是哥哥你敢再偷跑，她就要連幫凶一起宰了，我覺得她是說眞的。」

面對連串問題，川芎當時的回應則是鄙夷地睨了少年一眼。

「你眞以爲我會拿自己的生命開玩笑嗎？老子早就交稿了，而且都過二十號了，薔蜜她們那邊也早就將稿子送印完畢。」

會有這個計畫，是川芎打算放鬆身心，同時也是抓住大家都忙著準備過年的空檔，反其道而行，避開旅遊的人潮。畢竟如果等過年再出門玩，那也用不著玩了，根本各地人擠人。

八薇鎮位在南部偏遠地區，大眾運輸工具不發達，因此川芎特地向朋友借了一輛車——他們家唯一的一輛，被那對不知度了幾次蜜月的父母開走了，天知道是開到哪裡，能確定的只有他們在除夕前一定會回來。

好一陣子沒自己開車，川芎怕技術生疏，在巷子裡也不敢開太快。等駛出巷子、開了一段路之後，才終於想起他們整車人都還沒吃早餐。

問過大家的意見，望了四周一圈後，川芎在路邊一家早餐店前停下，自己下車買早餐。

藍采和觀望街上打發時間，突然一片陰影從窗外落下，嚇了他一跳。

藍采和定睛一看，這才發現窗外陰影是雨傘造成的。一名纖細的美少年正撐著傘，俯身從車窗外看著他們。

藍采和又一愣。他的愣怔不是因為看見有人突然靠近車子，而是因為他認識那人。

「阿湘？」望見那名眉宇糾結、表情帶著淡淡愁苦的少年，何瓊不禁也愣了愣，反射性脫口喊出對方名字。

「韓大人？喔喔！這真是美好的相逢呢，韓大人！」阿蘿朝對方興高采烈地揮動小短手，下一秒馬上被藍采和強制塞回背包，不准再隨意露面，以免被凡人看到，引發騷動。

將阿蘿塞進背包，藍采和又抬頭盯著車外的韓湘，眼神有絲迷惑，不知道身為八仙之一的同伴怎會出現在這。

見藍采和遲遲沒開車窗，韓湘的表情看起來越發苦情，他屈指敲了敲玻璃。

這聲音倒是讓藍采和反應過來，他趕緊降下車窗，「阿湘，你怎麼會在這？」

「我、我看到林先生從這輛車下來，就想說你會不會也在這。」韓湘細聲解釋，他瞄了眼車內成員，腳步下意識挪動了下，與前座的張果保持距離，不敢靠太近。

張果彷彿完全沒注意到對方，只自顧自地低頭發呆，似乎身外一切事物都與他無關。

「阿湘找我們有事？」何瓊微傾身子，貓兒眼裡滿是好奇。

「找小藍葛格有事？」莓花也學何瓊又問了一次，「啊，還是阿湘葛格也要跟我們出去玩？」

聽見童稚可愛的話語，韓湘習慣性緊蹙的眉宇舒解一會，他笑了，「不是的，你們去玩就好，我自己也……不、不對，我不是要說這個。」

韓湘發現自己離題了，連忙搖搖頭。他脖子夾著傘柄，兩隻手猛然伸進車內，一把抓住藍采和。

「小藍！」

「是？」

「拜託你，這是我、我畢生的請求，求求你一定要答應我！」

「啊？」

像是沒瞧見藍采和狐疑的表情，韓湘一手繼續抓著他不放，另一手慌張地在身上尋找什麼。下一秒，他從口袋裡掏出一個小瓶子，以不容拒絕的氣魄，用力塞到藍采和手裡。

「小藍。」韓湘神情嚴肅，「這是我最新研發出來的提神劑，可以減輕乙殼感受到的疲勞。我、我想知道效果如何，請你喝完再告訴我。」

藍采和被韓湘難得展露的氣勢震懾住——那張秀氣面龐向來少有怯懦和哀怨以外的表情——他下意識接住小瓶子，但馬上驚悟過來。先不管瓶子裡裝的是什麼，重點是……給他瓶子的人可是韓湘。

那個最喜歡研究亂七八糟的東西，之前還因爲研究「詛咒」害得他對花過敏的韓湘！

「開什麼玩笑！阿湘，這種危險的東西我絕對不要！」回過神的藍采和飛快伸手，用與生俱來的怪力抓回正要離開的韓湘，「這還你！」

「怎麼這樣？」韓湘接住小瓶子後露出泫然欲泣的表情，他又將瓶子塞給藍采和，「小藍你要相信我，這眞的、眞的只是很安全的提神劑。」

「安全的話，阿湘你自己吃就好了。」藍采和笑容滿面，手上卻毫不退讓。

「那怎麼可以？新研究出來的成果當然要別人試，而不是自己……啊，不、不是。」韓湘結結巴巴地搖頭，「小藍你聽、聽錯了，我剛什麼都沒說，我絕對、絕對沒有拿你當試驗對象的意思，也沒想過你比較好騙……眞的！」

哎呀……阿湘你這不是把心裡話都說出來了嗎？何瓊搖搖頭，瞥了眼仍舊笑容溫和但眼中閃動猙獰的藍采和，再對著坐在自己旁邊的莓花微笑，伸手捂住她的耳朵。

「哦？原來阿湘認爲我很好騙呀？」

「沒有、沒有這回事！」韓湘抵死不承認。發現藍采和手指越收越緊，深怕瓶子被捏破的他連忙制止，「小藍，拜、拜託你輕點呀！也拜託你，請你一定要當我的實驗品！呃……我剛是說了什麼嗎？」

「你說了『實驗品』三個字唷。」藍采和語氣柔似水，下一秒狠狠把瓶子塞回去，「說不幹就不幹！你他×的還眞當我是實驗品嗎？」

「小、小藍！」

「我說……你們到底在搞什麼鬼？」

韓湘身後傳來聲音，他大吃一驚，迅速轉過身，傘差點掉下來又慌慌張張地抓住傘，怯生生地看向出聲的男人。

川芎一臉無奈，他才剛買好早餐回來就看見這匪夷所思的一幕。這兩人是完全沒自覺嗎？都引來路人圍觀，只差沒有小朋友舉手問「馬麻，這兩個奇怪的葛格在做什麼」了。

川芎無言地往旁掃視一圈，緊皺的眉毛和凶惡的眼神讓關注視線立刻消散。不笑的川芎是相當有魄力的。

待周圍少了視線，川芎將目光重新放回面前的秀氣少年身上。少年一副畏怕的模樣，身子縮在傘下，看起來似乎快哭了。

但即使如此，少年還是緊張地朝他彎腰行禮，「你、你好，林先生。」

「阿湘你太緊張了，這樣會讓川芎以爲自己會吃人哪。」屬於男子的溫和笑聲隨著一道車門開啟聲響起，有人從停在川芎車子後方的車內走出來。

當川芎與藍采和他們看見這名氣質文雅、戴單邊鏡片的長髮男子時，都有剎那的呆愣。

男子名字是鍾離權，雖然外表只是一位斯文的男子，可真實身分和藍采和等人一樣，都是八仙的一員。

喂喂，這是怎樣？川芎看看韓湘，再看看鍾離權。如果加上他車裡的三個，八仙中的五仙一口氣出現了。

「其實阿湘是跟我一起的。」似乎看穿川芎心裡的疑惑，鍾離權笑著解釋，「我們倆要一塊進行美食之旅，不過剛好看見你們，阿湘說有事要找小藍，就先停車了。」

「找藍采和？」川芎狐疑地瞄向自家幫傭。

「對，就是要找小藍。小藍，這就拜、拜託你了！」韓湘抓緊空隙，趁機將小瓶子塞給藍采和。不等對方有所反應，一溜煙地衝回鍾離權車上。

見狀，鍾離權也跟川芎他們揮下手，「也祝你們旅途愉快，川芎。」

「咦？啊。」林家長男到現在仍搞不懂韓湘找藍采和要做什麼，他吶吶地應了一聲，目送兩名仙人離去。

站在原地一會兒，川芎聳聳肩膀，決定不把這事放在心上。他回到車上分發早餐，卻發現後座的藍采和與何瓊兩人，正以微妙的表情望著鍾離權他們車子消失的方向。

「怎麼了？」川芎納悶問道，確定莓花已乖乖地吃起三明治，他再瞪了眼不動的張果，

「早餐是讓你吃，不是讓你盯著發呆的。」

「哥哥，你剛有聽到吧？」藍采和喃喃地說，「阿湘和阿權……」

「他們竟然要一起展開美食之旅？」何瓊不敢置信地說。

「有什麼不對嗎？不就是美食之……！」川芎似乎也想通什麼，瞬間沒了聲音，表情更變得微妙。

美食之旅確實沒什麼不對，問題在旅行成員是韓湘和鍾離權。

雖然外表看上去只是纖細美少年和溫雅男子，但他們的味覺和一般人特別不一樣。一個極端嗜辣，一個極端嗜甜，而且極端到令目睹之人忍不住退避三舍。

「玉帝在上，他們倆湊在一塊……」藍采和抹了把臉，「這哪是什麼美食之旅？根本就是殘害他人視覺、荼毒他人食欲之旅吧！」

川芎沉默，覺得這話還真是最佳評論。

暫且先將那兩人的用餐畫面甩到腦海外，川芎匆匆解決早餐，繼續開車上路，他沒注意到後頭的藍采和正在研究韓湘塞給他的小瓶子。

「這到底是什麼？」藍采和將裝著不明液體的瓶子翻過來又翻過去。韓湘說是提神劑，但他絕對不相信。

「喝喝看？」何瓊眨動那雙狡黠的貓兒眼，「哎，我開玩笑的。」

「這玩笑可不太好笑。」藍采和嘆氣，但他承認光看瓶子很難研究出什麼。猶豫了一下，他扭開瓶蓋──當然絕不是想喝，只是好奇氣味。

「甜甜的。」莓花一直好奇地瞅著小瓶子，也靠得很近，瓶蓋一扭開就先敏銳地聞到甜味，「小藍葛格，有甜甜的味道耶！」

「眞的嗎？」聽莓花這麼說，藍采和拿高瓶子，也想要聞聞看。

只是有時候，人算不如天算。

就算藍采和完全沒有嘗試的念頭，只是單純想聞個味道，然而他怎樣也想不到，就在自己拿高瓶子的刹那間，川芎爲閃避一輛闖紅燈的車猛然踩下煞車，縮在背包裡的阿蘿似乎覺得太悶了，也在同一時間蹦了出來。

於是悲劇就這麼發生了。

藍采和先是因爲煞車的反作用力向前傾，接著阿蘿又跳起撞上了他拿瓶子的那隻手。

藍采和還來不及理解發生什麼事，手中瓶子便朝自己嘴巴撞來。等到反應過來時，嘴內已多了一股甜味。

藍采和反射性嚥下，隨後臉色褪爲慘白。靠杯……不是吧？我吞下去了!?

「啊……」目睹全程的何瓊低呼一聲。

「小藍葛格，這讓你擦！」渾然不知藍采和內心波濤洶湧，瞧見瓶中液體有部分沾到他的衣服，莓花急忙抓了一大把衛生紙。

「夥伴你怎麼了？你別嚇俺啊！」發覺少年一臉呆然，完全不知道自己造了什麼孽的阿蘿也緊張兮兮地大叫，甚至打算撲到對方胸前，用自己開闊的胸襟安慰他。

不過在阿蘿跳起的瞬間，計畫就胎死腹中，一隻蒼白瘦弱的手迅速掐住了它。

「阿、蘿。」藍采和笑吟吟的聲音響起。

何瓊嗅到危險的氣味，飛快拉近莓花，再次捂住她的小耳朵。

果不其然，下一刻如滔滔江水的憤怒大罵飆了出來。

「你他娘的幹了什麼好事啊！我不是叫你乖乖待在背包裡嗎？你就那麼想被人解剖再送到『驚奇！你所不知道的超自然世界』參加節目嗎？」

「夥伴你冷靜點！俺不知道俺到底做了什麼事呀！俺……」阿蘿聲音倏然變小，卻不是因爲被那五根細瘦手指掐得死死的緣故。

阿蘿的小眼睛越睜越大，彷彿看見什麼驚悚畫面。

「夥、夥伴……」它顫顫地說。

「什麼？」藍采和不耐煩地瞇起眼，可當他聽見自己發出的聲音，也愣了。這脆生生的聲音是怎麼回事？緊接著，他聽到何瓊壓抑地輕喃了一句「玉帝在上啊」。

藍采和轉過頭，映入眼中的是何瓊與莓花目瞪口呆的表情。

即使沒有問出口，藍采和也已經知道是什麼令她們露出如此震驚的表情——他的身高縮水了。原本他與何瓊差不多高，現在卻可以直接與莓花平視，要看何瓊反而得仰起頭。

藍采和放開阿蘿，低頭凝望自己的一雙小短手。

玉帝在上啊——

突然安靜的後座讓專心開車的川芎心生納悶，他下意識瞄了下後照鏡。

「靠！幹！」川芎沒發現自己罵了髒話，他反射性踩下煞車，將車子停在路邊，不敢相信地轉過身，「見鬼了！這是怎麼回事？」

不能怪川芎大驚小怪，如果見到一名少年無預警變成一個矮不隆咚的小男孩，一般人的反應只會比他更誇張。

川芎瞠目結舌地瞪著後座的小男孩，他知道那就是藍采和。雖然個子縮水了，不過蒼白的膚色與如畫的眉眼卻是一點也沒變。

不得不說，平常看不順眼的少年變小還滿可愛的，最起碼比自己隔壁座位的那隻強。

川芎瞄了眼坐在副駕駛座、壓根不關心後方發生何事的張果。

「小藍葛格變小了？」莓花驚奇地驚呼，「跟莓花一樣高了耶！不過……還是好帥。」

最後一句莓花說得極小聲，她捧著臉，小臉通紅。

吃驚過後，何瓊也恢復冷靜，畢竟不是不知道原因出在哪。很明顯地，問題出自韓湘那瓶據說是提神劑的東西。她立刻從口袋掏出手機，然後——

「咔嚓」一聲。

「小瓊妳在做什麼？」藍采和被聲音拉回神。

「嘿嘿，拍照紀念嘛。」何瓊笑咪咪地說，心裡則打定主意，晚點要傳給其他同伴看。

「夥伴，爲什麼你會變這樣？」阿蘿還深陷震驚當中，它顫顫地用手指比著藍采和，「這白饅頭般的臉，短短的手，短短的腳……啊，該不會那裡也短短的？」

藍采和露出稚氣無辜的笑，下一秒猛然把阿蘿甩到上方。遭到強力撞擊的阿蘿很快掉了下來，它眼冒金星，支撐不住地昏死過去。

顯然藍采和外表變小了，力氣卻一點也沒變。

「短你媽啦，你才全家都短短的！」藍采和皮笑肉不笑地扯下嘴角，深吸一口氣，迅速尋回冷靜。他摸摸臉，再看看變得五短的身材。很好，自己的確是變小了。

「哥哥。」藍采和抬起頭，真摯地睜著那雙因爲外表縮水顯得又大又圓的黑眼睛，「等等你就當什麼都沒聽到吧。噢，我沒關係的，我只是不小心吃了阿湘給的東西。」

一聽見韓湘的名字，川芎就猜到是怎麼回事，同時也猜出藍采和接下來想做什麼。

他點點頭，「隨便你，不要讓我家莓花聽到任何一個不該聽的字就好。」

「咦？什麼？」莓花不解地望著哥哥，不明白怎會忽然說到自己。

「莓花乖，接下來小藍要跟阿湘進行大人的對話呢，這不太適合小孩子聽喔。」何瓊笑容可掬地說道。

莓花似懂非懂地點點頭，自發地伸出手遮住兩隻耳朵。

保險起見，何瓊也將自己的手覆在莓花軟白的手背上。

見防範措施已經完成，藍采和拿出手機，撥通了韓湘的電話。

鈴聲響了一陣子後，手機被人接通了。

藍采和不等對方開口，他臉上帶笑，吐露的招呼也柔和似水。

「喂？阿湘嗎？我是小藍。噢，我知道你可能會奇怪我的聲音怎麼變了，我就是要告訴你這件事。」柔和的童稚聲調驀然拔成勃然大怒，「我操你媽的！還說什麼安全的提神劑？你害老子現在變迷你了你知不知道！你是沒看過壞人嗎？信不信我──（消音）再──（消音）然後──（消音）」

如果說，藍采和剛才對阿蘿的斥罵有如滔滔江水，那麼此刻他的這串髒話可說是狂風暴雨了。

駕駛座上的川芎聽得滿頭黑線，就算藍采和方才請他裝作什麼也沒聽見，但那堆髒話根本超出他的想像極限。這小子……究竟是從哪邊學到如此驚人又龐大的辭彙？

幾乎沒有停頓也沒有喘氣地罵出大段話，藍采和終於停下，等著韓湘的反應。

「那個，小藍……」韓湘快哭出來的聲音戰戰兢兢地自手機裡傳出，「我、我有件事得告訴你才行……」

何瓊也捕捉到韓湘的聲音，她好奇地湊近想聽得更清楚。

藍采和乾脆切成擴音模式。

「什麼事？」他餘怒難消地逼問道。

「我眞的不是、不是故意先不告訴你的，可是你剛剛也沒給我機會，讓我先說……」

「所以到底是什麼事？」

「也不是什麼大不了的事，只不過剛剛接電話的人是我，采和。」一個異於韓湘的低沉男聲傳了出來。

藍采和大腦一片空白，手機頓時從手裡掉了下去。

「喂！」幸虧川芎眼明手快，及時伸手抓住。

「小藍，你一定要相信我，不是我故意不說的……」說話者又換回韓湘，「我們剛好到阿景工作的便利商店買東西，你、你就打電話來了，阿景說想跟你說話……呃，阿景說他還是有話要跟你講。」

下一刻，低沉穩重的男聲清晰地在車內響起。

「采和，我從來不知道你還會罵出這麼精彩的話，這表示我這監護人對你了解得還不夠深，我有點傷心。我想，等你回來，我們勢必要非常非常深入地談一談。對了，祝你玩得愉快，帶土產給我我會很高興的。」

川芎瞄瞄手機，再伸手於藍采和眼前揮揮，一點反應也沒有。

最後由他負責結束通話。

「曹先生嗎？不好意思，藍采和那小子睜著眼昏過去了。」

如果說活到現在做過最後悔的事是什麼，藍采和一定會說他無論如何都不該在兩個小時前，撥打那通電話給韓湘的。

看看他究竟做了什麼好事？他竟然……竟然對著自己的監護人、也是八仙同伴的曹景休，罵了一大段髒話？

回想起當時情景，藍采和連想死的心情都有了。

由於打擊過大，以至於藍采和就算從昏迷狀態醒過來，仍像被霜打過的茄子，蔫得一點氣勢也沒有了。就算何瓊趁機對他饅頭似的小臉又捏又揉，他還是沒有任何反應，整個人呆滯地坐在椅子上，一動也不動。

——直到一隻大手伸進來，將他整個人拎出車外。

「我說，你這小子也該回魂了吧？」川芎將手中的迷你身影往地上擺，「我們到八薇鎮了。」

突然站在地面上，讓藍采和驀然回神，耳朵也剛好捕捉到八薇鎮三字。

八薇鎮？已經到八薇鎮了？

「這麼快？」藍采和反射性脫口而出。

「那是因為小藍你被打擊過度，沒注意到四周環境嘛。」何瓊噗嗤一笑，把裝有阿蘿的背包塞到他手裡，「給。」

「小藍葛格你還好嗎？還是不舒服嗎？」莓花拉拉藍采和的手，可愛的小臉因為擔憂像包子似地皺成一團。

「放心，我沒事了。」藍采和對莓花綻露笑容，要她安心。他抱著背包，環視周遭。

他們此刻正站在一處修剪整齊的草地上，前方矗立著一幢黃牆深棕色屋頂的建築物，總共有三層樓高，整體走歐式風格，窗戶呈拱形，窗台前栽種了一些植物，綠意和花朵替牆面增添了優雅的氣息。

除了這幢建築物之外，藍采和還可以看見距離稍遠一點的地方，也座落著風格不同的建築物，四周則是群山環繞。

「這裡是？」藍采和滿心困惑。

「這裡是我們要住的民宿。」川芎從後車箱拿出行李，「你們先等等，我打電話通知一下。」川芎很快撥通電話，「不好意思，我們已經到了……對，就在民宿外。」

藍采和不知道是不是自己的錯覺，他總覺得川芎在和對方說話時，更加地小心翼翼？

懷抱著不解，藍采和仰頭注視收起手機的川芎。

察覺到下方投來的視線，川芎低下頭，回了一記「看什麼看」的眼神，雖然有點凶，但其實一點惡意也沒有。

在原地等了幾分鐘，一抹人影自民宿後小跑過來。

「白荷姊和她丈夫住在民宿後面的屋子，這裡剛好擋住看不見。」川芎說。

白荷姊？藍采和從這稱呼判斷出川芎與對方認識，他決定先將注意力放在那抹逐漸靠近的人影上。

因爲背光，那人的臉孔一開始還看不太清，但從姣好的身影及素白的衣裙來看，可知對方是名女性。

等到能夠看清民宿主人的面孔時，藍采和跟何瓊都吃驚地抽了一口氣。那知性的眉眼、那美麗白皙的面孔……簡直就像第二個薔蜜姊！

假使不是聽見川芎說出「白荷」這個名字，藍采和他們眞的會以爲薔蜜出現在面前。太像了……最大的差異或許是對方的氣質優雅婉約，和薔蜜的冷靜幹練截然不同。

雖然藍采和與何瓊意識到這件事，但剛甦醒過來的阿蘿並沒有聽見川芎說的話。阿蘿揉揉眼，從背包裡坐起來。它從背包上特意剪開的兩個小洞望出去，想知道現在是什麼情況。

這一看，阿蘿頓時又驚又喜。

沒有多想，它馬上就想跳出去跟心目中的女神來個熱烈擁抱，最好是讓它深深地把臉埋進那偉大的胸懷裡。

川芎幾乎是在背包一有動靜時就注意到，他可沒興趣在這美好的假期，還因爲一根人面蘿蔔引發風波。

在阿蘿即將推開背包的前一秒，林家長男硬是比它快一步行動了。他迅速扯下包包，然後俐落無比地一腳踩在地上。

「抱歉，我剛看到有蟲子。」川芎面不改色地解釋。

藍釆和眼尖地看見背包內有東西在蠕動，立刻猜到是怎麼回事。他走到背包旁，對川芎一笑，在川芎抽開腳的瞬間，小手快狠準地探進背包裡，直接將自己的蘿蔔掐暈過去。

「白荷姊，好久不見。」確定阿蘿已被它的主人處理完畢，川芎有禮地向那名肖似薔蜜的女子打招呼。

「好久不見。」莓花也乖巧地跟著低下頭。

「歡迎你們。」白荷淺淺一笑，她笑起來的感覺與薔蜜不同，頰邊還有小小的梨渦，「川芎，不跟我介紹一下這些小朋友嗎？」

「呃，他們是我親戚的小孩，順便帶他們一起出來玩。」川芎含糊解釋，直接向白荷介紹起眾人的名字，「白荷姊，這位是何瓊，然後是藍釆和跟張果。」

「好有趣，一些名字跟八仙一樣呢。」白荷笑吟吟地說道，她蹲下身子，摸摸藍釆和的頭，又摸摸張果的頭，似乎沒看見、又或者是不怕張果散發的冷冽氣勢，「你們好，我是白荷，喊我白荷姊就可以了。」

「白荷姊，妳和薔蜜姊是？」藍釆和再也按捺不住疑問。如果說她們兩人之間毫無關係，他是絕對不信的。

白荷露出詫異的笑容，「你們也認識薔蜜嗎？」

「啊，薔蜜跟他們幾個都很熟。」川芎代替回答，隨即他認真地、慎重地向藍釆和等人介紹白荷，「白荷姊是薔蜜的表姊。對，眞的是表姊，不用懷疑。」

藍采和與何瓊也沒想過要懷疑，那張如此相似的臉足以說明一切。他們同時又想起另一位女子，既是六花旅館的老闆娘，也是薔蜜小阿姨的文心蘭，她也有張相似的臉。

藍采和他們忍不住暗暗佩服薔蜜母系家族那邊的強大基因。

「大家跟我來吧，我帶你們去看房間。」白荷領著眾人走進那棟黃色的民宿。

望著白荷纖瘦優雅的背影，藍采和扯了下川芎袖角，小小聲地問著，「哎，哥哥，白荷姊看起來很溫柔，你爲什麼好像很怕她？」

面對這個問題，林家長男停下腳步，沉默一會兒，然後面無表情地說：「白荷姊最擅長劍道與合氣道，她曾把一名闖入他們民宿的小偷痛揍到對方哭著去自首，尋求警察的保護。你說，我該不該怕她？」

參 薔蜜的出現

到達目的地前，川芎已經因爲身形縮小的藍采和驚嚇過一次，但對他來說，今日最大的驚嚇是在踏進民宿後才發生的。

「哇！幹！」幾乎是走進客廳的瞬間，一看見沙發上的人影，川芎就嚇得反射性脫口罵出髒話，他不敢置信地指著站起來的長髮女子大叫道：「張薔蜜！爲什麼妳會在這裡！」

走至川芎面前的女子戴著細框眼鏡，五官與白荷極爲相似，除了一身冷靜幹練的氣質。

這名女子，就是他們認識的張薔蜜沒錯。

同時看見兩張相像的臉，並且因爲過往拖稿被追殺，進而對這張臉有心靈創傷的川芎暈了暈，只想當場昏倒了事。

「薔蜜姊姊！」莓花開心地跑上前。

「小莓花。」薔蜜蹲下身，和小女孩親密相擁。

「唔啊！兩個人同時出現，看起來幾乎像雙胞胎了……」藍采和看看白荷、再望望薔蜜，歎爲觀止。

聽見聲音的薔蜜順勢望過去，她訝異地挑起眉毛，沒想到會瞧見一名陌生孩童。

不，嚴格說起來，也不是完全陌生。

鏡片後的美眸微微瞇起，薔蜜覺得那黝黑的眉眼及格外蒼白的膚色，看起來相當眼熟。而且，這群人中明顯少了一個她認識的少年，卻多了一個孩子。

難道說……

「薔蜜姊姊，小藍葛格是因爲……」莓花沒什麼心眼，當下就想向薔蜜解釋。

但川芎記得現場還有白荷，像這種不可思議又匪夷所思的事情，還是越少人知道越好，因此他搶先截斷了妹妹的話。

「那小子只是亂吃韓湘給的東西，吃壞了肚子，才看起來一副不舒服的模樣。」川芎找了個眞假參半的理由，他知道薔蜜一定能理解。

果然，薔蜜點點頭，露出了然的表情，光憑「韓湘」兩字就足以說明一切。那名秀氣纖弱的仙人向來喜歡研究一些亂七八糟的東西，然後物色實驗人選，看得出來藍采和這次就是那位不幸的實驗對象。

「藍小弟，希望你能早日恢復。」薔蜜語帶同情地說。

「別擔心這小子，他的恢復力向來很強。」無視藍采和哀怨地嚷著「過分，哥哥你把我當打不死的小強嗎？」，川芎如刀般的目光直直射向照理說不該出現在此的薔蜜，「張薔蜜，所以妳到底爲什麼會在這裡？妳們公司不是二十八號才開始放年假嗎？今天明明才二十四號吧！」

薔蜜放開莓花站了起來，不過她沒立刻回答川芎的問題，而是先向何瓊也點頭打過招呼，對張果的毫不搭理則習以爲常，這才將目光重新放回既是自己的青梅竹馬，也是手下作者的男人臉上。

「川芎同學，難道你眞的不覺得奇怪嗎？」薔蜜嚴肅地說。

「啥？」

「你從來沒有懷疑過，爲什麼我每一次都可以剛好在你們出去玩的時候碰到你們嗎？」

「開什麼玩笑，我早就懷疑過了！但妳又說妳沒裝追蹤器在我身上……等一下，張薔蜜，難不成妳……！」

「我想我應該誠實地向你坦白，川芎，其實我有超能力。」

「什……張薔蜜，妳是認眞的嗎？不，是妳的話就很有可能，怪不得我總覺得妳不像人。」

「那還用說嗎？當然是假的。」薔蜜推下眼鏡，眼神憐憫，「我隨便唬爛你也信？」

……幹，我就是眞的信了。川芎臉色轉青，心底瞬間有股衝動想咒罵青梅竹馬的祖宗十八代。但礙於白荷也是對方家族的人，還很可能一眼看穿他在想什麼，最後他只好在心裡罵了幾句發洩用的髒話。

雖然不像川芎臉色遽變，不過藍采和與何瓊的表情也都微妙地變了一下。事實上，他們剛剛也信以爲眞了。

「薔蜜，妳就別再逗川芎了。」白荷笑著加入對話，投給自家表妹又好氣又好笑的眼神，接著對眾人解釋道，「薔蜜是過來幫我忙的。快過年了，我們這人手不足，我老公腳又受傷，所以才想說找她過來，沒想到川芎你們剛好也來這玩。」

「至於年假的問題。」薔蜜似笑非笑地揚起唇角，「二十號的時候，我們的稿子就全送印了，剩下的時間自由安排進度校稿。我的工作都弄完了，所以就請特休提早休假。怎麼，有哪裡不行嗎？」

「行行行，妳說什麼都行。」川芎揉著太陽穴。才剛來八薇鎮而已，為什麼他卻有種預感，美好的假期可能要跟他說再見了。

「打起精神來，川芎。」薔蜜拍拍好友的肩，「接下來還有讓你吃驚的呢。」

「什麼？」川芎眼露狐疑。

薔蜜卻只是笑笑，不再多說。

「川芎，你們的房間在三樓，我帶你們上去吧。」

白荷招呼著眾人隨她上樓，一邊走，一邊向他們介紹民宿環境。

「剛剛的一樓，是所有房客共用的公共區域，廚房也可以隨意使用，我明天會過來準備早餐……今天其實只有你們和另一組客人而已，他們住在二樓，是很乖的學生，不用擔心會太吵……啊，到了，川芎你們的房間就是這兩間。」

白荷在三樓樓梯口旁站定。

三樓走廊不算長，盡頭處有一間房間，左側是兩間房，至於右側則是能夠眺望山景的觀景陽台，裡頭還貼心地擺了兩張桌椅，供人休息。

而川芎他們一行人的房間，就是左側那兩間。

白荷取出鑰匙，逐一打開兩扇房門，讓川芎他們一探房內格局，再將鑰匙交給川芎。

正當白荷想繼續介紹房間時，樓下卻傳來電話鈴響。

白荷愣了一下，她向川芎他們露出歉意的表情，「不好意思，川芎……」

「沒關係的，白荷姊，妳先去忙吧。」川芎搖手表示不介意。

「剩下的就由我來負責吧。」薔蜜微笑接話。

白荷鬆口氣，朝眾人輕聲說句抱歉，便匆匆忙忙地下樓了。

川芎看看自己訂的兩間房，一間是三人房，一間則是雙人房。

雙人房是留給女孩子們的。雖然何瓊的起床氣非常重，但只要不吵到她，以及身邊人是年幼的莓花時，她就會有所收斂。

而三人房，不用說當然是川芎、藍采和與張果共住。

川芎沒有多加考慮，直接分配床位，「藍采和，你跟張果睡那張大的，我睡單人床。」

「什……拜託你不要啊！哥哥，拜託你不要這樣對我！」藍采和大驚失色，稚嫩的童音染上了哭腔，只差墨黑的眸子裡沒滾出淚水，「哥哥，要我睡地板也行，就是別讓我跟果果睡一起。我怕我睡相太差，萬一打到果果，我我我……我很可能就被他當場宰了……」

「你也知道你睡相差？」川芎皮笑肉不笑地扯下嘴角。要他來說，藍采和那已經不叫睡相差，而是差勁到了極點，「不過地板不可能，我對虐待孩童一點興趣也沒有。」

「哥哥……」你讓我和果果睡，才是眞正的虐待啊！藍采和快哭出來了。

「我也不跟他睡。」一路上沉默得無聲無息的張果忽然開口，他的語氣依舊是不似孩童的清冷，「只有曹景休受得了他的睡相。如果要同床，宰了藍采和我不負責。」

藍采和一張小臉刷白。張果從不開玩笑。

「哎呀，這下子可傷腦筋了……」何瓊刮刮臉頰，「川芎大哥，果果說的是眞的呢。順帶一提，阿景不是受得了，而是他通常會將小藍連被子一起綁起來。」

「還是說，小藍葛格來我們房間？」莓花紅著臉說。

「不行！說什麼都不行！」川芎斬釘截鐵地拒絕，他目露凶光地瞪著藍采和，似乎只要對方敢說一聲「好」，他就先將藍采和生呑活剝了。任何男性生物想跟他妹妹同房，必須先從他的屍體上踩過去！

「我個人的建議是，你們可以調換一下分配。」薔蜜看不過去一個簡單的問題也能被他們弄得這麼複雜，直接點出另一個辦法，「藍小弟睡單人床，川芎你和張果一起。要是再不行，藍小弟也可以到我房間。放心好了，我對異性的好球帶是年紀比我大的，不會染指無辜幼苗。」

「誰不知道妳喜歡哪種類型啊，問題不在這裡好嗎？」川芎簡直想翻白眼，「萬一妳反射性將這小子踢下床，或半睡半醒間，以爲他是你們公司廁所讓妳練關節技的沙包……」頓了一下，川芎才發現不對勁，「等一下，妳房間在哪？」

「你們隔壁。」薔蜜比了比盡頭的那間房。

川芎這下子眞的想捂臉呻吟了。是怎樣？我連放個假都逃不出責任編輯的掌心嗎？

發現床位大事顯然就要被遺忘，藍采和不禁有些急了，他絕對不要跟張果睡一張床！

在天界時，曾有一次他們八仙一起坐船過雲海，他打了瞌睡，手不小心揮到身邊的張果，結果對方連話也沒說，直接抓起他往雲海裡丟。如果不是曹景休眼明手快、搶救及時，只怕他不知道要掉到什麼地方去了。

那次的事對藍采和而言記憶猶新，同時也餘悸猶存。

可是，就算到薔蜜姊房間，似乎也危機重重……就在藍采和不知該如何是好時，清冷的童聲再次冒出。

「可以。」張果說。

由於這話距離上一句間隔太久，一時間，川芎幾人反倒不知對方是在對什麼說可以。

張果伸手指向川芎，「跟他睡，可以。」

「搞什麼，原來你是在說這個……算了，這樣睡就這樣睡吧。」川芎也懶得再計較這問題，反正在家時，他就因爲客房不足，而跟張果共用一間房了。

藍采和心裡一喜，還沒向薔蜜表達感謝之情，就先捕捉到上樓的腳步聲。

是白荷姊回來了嗎？可是，腳步聲聽起來有兩個。

其他人也注意到了，除了張果，都朝樓梯口望去。

腳步聲越漸接近，來到了轉角，同時探出一張年輕的臉孔。

「川芎大哥？」戴著眼鏡的俊秀少年就像是確認地望向三樓。

「眞的是川芎大哥？」緊接著，一名清麗的短鬈髮少女自少年身後冒出。

被喊出名字的林家長男愣住。不只是他，包括莓花、何瓊，還有藍采和，也都結結實實地大吃一驚。

藍采和伸出變小的手指，忍不住驚呼出聲。

「方奎？曉愁？」

少年和少女的名字分別是方奎和余曉愁。他們倆與韓湘是就讀同一所高中的朋友，與川芎幾人都認識，同時也是知道八仙身分的少數相關人士。

川芎可沒想到會在這裡遇見這對小情侶，緊接著他就將白荷和薔蜜說過的話串連起來。

「今天其實只有你們和另一組客人而已，他們住在二樓，是很乖的學生。」

「接下來還有讓你吃驚的呢。」

「你們就是住在二樓的客人？」川芎詫異地問，世界未免太小了，到哪都遇見熟人。

「咦？是啊。我和曉愁一起來八薇鎮玩，這民宿是我堂姊推薦的，不過沒想到會碰上薔蜜姊。」方奎與女朋友一起上樓。他們在樓下聽見似曾相識的聲音，想說上樓確認看看，還眞的就這麼遇見了熟人，「我也沒想到會在這碰上川芎大哥你們哪。」

「啊啦，怎麼沒看見藍采和？」余曉愁的視線在眾人身上轉了一圈，最後落到不曾見過、卻在剛剛喊出他們名字的小男孩身上。

她蹲下身，若有所思地細細打量那張稚氣又秀淨的小臉。

「對喔，怎麼沒看見藍采和？」方奎也注意到了，雖然他嘴上這麼問，但目光打從一開始就跟余曉愁一樣，鎖定在相同對象上。他也蹲下身，摸著下巴，鏡片後的黑眼珠宛如探照燈，犀利地上下打量小男孩。

藍采和看著方奎，再望向余曉愁，他明白自己很難瞞得過他們，乾脆老實地舉起手。

「我在這。總之，就是因爲不小心吃了阿湘發明的東西，才變成這模樣。」

「哇喔！」余曉愁眨眨濃密捲翹的睫毛，再拍拍藍采和的肩膀，「你保重了，藍采和。」

保重？保重什麼？起初藍采和還一頭霧水，弄不清楚余曉愁話中的含意。然而等到他發現方奎盯著自己的眼神異常閃亮，心底瞬間閃過不妙的預感。藍采和急忙想退出危險範圍，只可惜他的小短腿比不上方奎的手長。

藍采和剛退了一步，方奎的手臂就已經伸過來，迅雷不及掩耳地一把抱住他。

「我眞不敢相信，迷你版的藍采和？活生生的迷你版藍采和！」方奎激動得拔高聲音，雙眼滿是驚喜，「噢，我的天啊！這眞的太神奇了！阿湘眞是天才，他到底是怎麼研究出變小的藥？這絕對是值得記錄的不可思議事件！對了、對了，有件事得先做才行……藍采和，我們先來拍照吧！」

其他人對於方奎的亢奮行爲見怪不怪。

外表一副資優生的方奎——在學業上的確是——最大的興趣是研究各種不可思議的超自然事件，喜歡的節目是「驚奇！你所不知道的超自然世界」，甚至還與余曉愁、韓湘在學校裡組了個超自然同好會，會長自然由他擔任。

任憑方奎抓著藍采和研究來、研究去——反正藍采和受不了也會自行掙脫的——余曉愁轉而和薔蜜等人聊起天來，既然都碰到了，旅遊行程也可以一起安排。

見大人們在談論明日的行程，莓花想了想，決定先把小熊背包拿到房間放。

擺著兩張單人床的房間看起來明淨舒適，還附有小陽台可以觀賞八薇鎮大半風景。

莓花是小孩子，難免有旺盛的好奇心。此刻只有她先進了房間，因此忍不住生起探險的心情，在房間裡東看西看，最後拉開落地窗，跑到陽台上。

陽台上圍著的欄杆很高，毋須擔心孩童安危。

莓花抓著欄杆，從空隙望出去，遼闊的小鎮景象令她欣喜地「哇」了一聲。而就在下一剎那，莓花忽然覺得自己聽見了什麼聲音。

細細的、小小的、軟軟的，有聲音在呼喚她。

「轉過頭……發現我……來，快帶我進去……」

莓花吃了一驚，下意識轉過頭去，圓圓的眼睛驀然睜大。原本空無一物的陽台角落，此刻竟多出一個東西。

那是一顆橢圓形的蛋，外殼光滑，呈現美麗的翠綠色，在陽光底下散發著淡淡的光澤。

莓花呆了呆，她看著那顆本不存在的蛋，不知道該靠近，或是呼喊兄長進來比較好。

彷彿察覺小女孩的猶豫，那道細小的聲音又響起了。

「帶我進去……然後把我藏起來，不要被人發現……」

這一次，當聲音傳入莓花腦海的瞬間，那雙圓亮眼睛登時覆上迷茫。她就像是被操控的木偶娃娃，回到房間拿出小熊背包，再把那顆翠綠的蛋放進背包裡。

才拉上背包拉鍊，屋外猛地颳起一陣強勁的風，四周樹木枝葉全被吹得發出劇烈的沙沙聲響。

這陣毫無預警的強風讓莓花重拾意識，她被宛如咆哮的風聲嚇了一跳，忍不住蹲下，驚叫出聲。

「呀！」

小女孩的叫喊馬上引來走廊上大人們的注意力。

「莓花！」護妹心切的川芎第一個衝進來，一眼就看見自己的妹妹抱著背包蹲在陽台上，連忙快步上前。

一踏進陽台，川芎也感受到那股格外強勁的風，吹得臉甚至都有點發疼。

這是怎麼回事？八薇鎮的風平時有這麼大嗎？心裡閃過一瞬疑惑，川芎沒再多想，他抱起受到驚嚇的莓花，迅速退回房裡。

「莓花！」藍采和等人擔心地圍上來，他們也注意到了那陣古怪的強風。何瓊立刻關上落地窗。

即使如此，房內眾人還是能聽見呼嘯的風聲。

「莓花……莓花沒事，只是被嚇一跳……」被包圍的林家么女抱著背包，難爲情地小聲說。

聞言，川芎他們不禁鬆了一口氣。

「只是，那風還眞是大得像在跟什麼吵架……」藍采和望著窗外，喃喃地說。

「先不管那風在跟什麼吵架，」也跑進房間的余曉愁環視一圈，發現現場少了兩個人，一個是張果，一個則是自家男友，「藍采和，方奎呢？沒跟你一起？」

「咦？」藍采和轉過頭，他思索了一下進房前的情景，然後輕擊下掌，露出一抹無辜靦腆的笑，「我剛剛……好像不小心手一揮……」

話還沒說完，房裡忽然響起一陣敲門聲。

眾人順勢往門口望去，白荷就站在那裡，溫婉的眉眼帶了一絲遲疑。

「打擾一下，是發生什麼事了嗎？我看見方奎捂著腦袋坐在走廊上……呃，還有張果坐在樓梯口，好像睡著了。」

「方奎！」余曉愁趕緊跑出去，果然看見男友正從地上站起，一手捂著腦袋，俊秀的臉孔因疼痛而皺成一團。

「唷，曉愁。」瞧見自己女友滿臉憂心，方奎舉起一隻手，忍痛朝她咧出一抹笑，「其實沒什麼事啦，不過擔心我的話，我想親我一下就會好了。」

「誰……誰擔心你了！」余曉愁又羞又惱，俏臉被緋紅佔領，她揮手朝方奎打去，「既然還有力氣說這種話，就表示你……哇！方、方奎！」

余曉愁沒想到自己這一打，竟不偏不倚地打在對方後腦的腫包上。只見方奎連笑容也掛不住，疼得齜牙咧嘴，重新蹲回地上。

川芎沒多注意那對不管做什麼，都很像在打情罵俏的閃光情侶。他黑著臉，大步走近坐在樓梯口、頭倚著牆壁、一動也不動的矮小身影。

「喂，張果，誰讓你坐在這裡睡了？喂。」川芎猜也猜得到張果想必是發呆發到睡著了，他推晃了張果幾下，沒想到對方彷彿睡死了，連眼皮也沒掀一下。

無奈之餘，川芎只好抱起張果，總不能真的放他坐在樓梯口繼續睡。

抱著張果，川芎隨即想到一件重要的事，他馬上望向幼兒化的藍采和，再望向方奎。

接收到林家長男的視線，方奎似乎知道他想問什麼，苦笑著點點頭，用眼神回覆——藍采和的怪力還在。

沒錯，方奎就是被急著奔進房的藍采和隨手一揮，整個人飛了出去，腦袋撞上牆壁。

川芎臉色變青，只能慶幸白荷晚上樓一步，否則被她撞見藍采和揮飛方奎，只怕怎麼解釋也解釋不清。

普通小孩子根本不可能做到這事。

幸好白荷沒追問發生在走廊上的事，她關心的是另一件，「莓花怎麼了嗎？我看剛剛大家都圍著她。」

聽到這裡，莓花難爲情地又紅了臉。她絞著裙角，臉蛋低垂，覺得都是自己不好，才會惹出這番騷動。

「莓花只是被風聲嚇到了。白荷姊，這裡的風一直這麼大嗎？」何瓊體貼地轉移話題。

而確實就如她所說，即使他們全站在走廊上，即使觀景陽台窗戶關著，也還能聽見呼呼的風聲。

過了一會兒，風聲總算停下，彷彿什麼也不曾發生，天空依舊晴朗，陽光明淨。

「冬天的八薇鎮原本就容易起風，只是這幾天情形似乎更嚴重了。」白荷露出了微帶傷腦筋的微笑，「老一輩的人都在說，八薇的守護獸這次吵得可凶了呢。」

「八薇的……守護獸？」川芎雖說來過這裡幾次，但也是第一次聽見這種說法。

「這是很久以前就流傳在八薇的傳說。」白荷笑笑地說，向眾人講起這則傳說故事。

據說兩百年前有兩隻修煉成精的妖怪，一爲鯉魚、一爲鶖哥，兩妖皆相中八薇的風水，想據爲自己地盤。雙方互不相讓，鬥爭了無數次，每次皆引發狂風大水。但幸運的是，兩妖似乎不喜傷人，引發的災難從未造成居民傷亡。

最後，雙方顯然鬥累了，決定各退一步，互分一半地盤，共同守護八薇。鶯哥據現今的常山爲營，鯉魚擇現今的晶湖爲居，從此八薇少有天災。

爲感念兩妖，八薇居民便將之奉爲守護獸，並打造石像，以茲紀念。

每逢冬季，八薇的風有時會颳得比他處強一些，時常掀起晶湖劇烈波濤。因此鎮上居民們便相傳，這是兩隻守護獸爲了小事意見不合的緣故。

久而久之，凡是碰上風吹得特別大、晶湖也掀起大浪時，八薇的人就會說守護獸們又在吵架了。

聽完這則傳說故事，方奎的眼睛比誰都亮。

「守護獸？這是一定要追查的啊，曉愁！我已經嗅到了不可思議的味道，身爲超自然同好會的一員，我們怎能放過這大好機會！」方奎似乎完全忘了後腦的疼痛，情緒激昂地握起拳頭，「曉愁，就讓我們……」

「就讓我們好好地度完假吧，我們是來八薇玩的，不是爲了尋找什麼外星人。」余曉愁柳眉一挑，不客氣地潑了男友一盆冷水。她雙手抱胸，瞥了眼失落的方奎，又別過俏臉，「不過，陪你去看看也不是不行啦。」

「曉愁，我就知道妳最了解我。」方奎握住余曉愁的手，後者頓時又爲這舉動紅了臉。

川芎等人很自動地無視那對又在發射粉紅光線和愛心泡泡的情侶。

「白荷姊，妳說這幾天風特別大？」川芎皺眉問。

「啊，就是這幾天。院子裡的樹前天還被吹斷了樹枝，我老公就是爲了修剪，才不小心傷了腳。」說起這事，白荷忍不住蹙眉，「如果風再這樣颳下去，可是會造成災害的。」

「小瓊，妳覺得呢？」藍采和小小聲地問向何瓊，後者只微微搖頭。

在乙殼狀態下，他們與常人無異，實在無從判斷究竟是單純的自然災害，抑或是……眞的有精怪作祟？

肆 莓花的危機

川芎等人在八薇的第一天假期，很快就過去了。

其實他們也沒到哪裡走走看看，見到薔蜜和白荷忙著整理民宿的其餘房間和庭院時，大夥自告奮勇地幫忙，包括方奎與余曉愁，唯有陷入熟睡的張果留在房裡。

當晚，爲了感謝眾人幫忙，白荷特地邀他們到自己住家享用晚餐。

在那裡，川芎他們見到了因腳傷不便行走的白荷丈夫，張喬川。

川芎、莓花與薔蜜早已見過對方，但初次見到他的藍采和等人，卻大大地愣了一下。他們沒想到溫柔婉約的白荷，先生竟是一名粗獷得像隻大熊的男人，還留著落腮鬍。

雖然外貌乍看下有點嚇人，但張喬川性子憨厚，也有著外表看不出的體貼，對待前來用餐的川芎一行人更是熱情好客。

對對方留下好印象的同時，藍采和與何瓊也不免感嘆，薔蜜她們家女性對異性的喜好，還眞是……與一般人不太一樣。

薔蜜喜歡年紀大的，文心蘭喜歡年紀小的，白荷則是再清楚不過地顯示她的擇偶標準。

直到晚餐結束回到民宿，一想到這點，何瓊還是覺得不可思議。

「如果眞是這樣，相菰的戀愛可能眞的沒希望了哪。」換上睡衣的何瓊喃喃地說，語氣帶點同情。

自從與薔蜜初次見面後，藍采和植物之一的相菰就對她抱持著愛慕之心，這已不是什麼祕密。

「相菰的……戀愛？」同樣換好睡衣的莓花揉揉愛睏的眼睛，只聽到幾個字。

「不，什麼事也沒有，莓花早點睡吧。」何瓊對眼皮快掉下來的小女孩溫柔一笑，起身關了燈。

莓花乖乖地點頭，掀開棉被鑽進去。她打了個小小的呵欠，幾乎要閉上眼睛，卻突然想到什麼，轉頭面向鄰床的何瓊。

「戀愛……」染上一絲睡意的稚嫩嗓音軟軟地問道：「小瓊姊姊也有喜歡的人嗎？」

何瓊怔了一下，似乎沒想到莓花會突然問這個問題。

可是很快地，她又笑了。

披散長髮的少女露出神祕的微笑，漂亮的貓兒眼狡黠地眨了眨，「莓花。這是祕密唷。」

莓花似懂非懂地點點頭，覺得月光下的小瓊姊姊美麗得不可思議。她的眼皮終於支撐不住地合起，遮住圓圓的眼睛。

見莓花閉眼睡著了，何瓊藉著窗外的月光走下床，細心地替莓花蓋好棉被，隨後才又回到自己床上，閉上眼也睡了。

陷入夢鄉的何瓊並不知道，莓花其實睡得不太安穩，她覺得自己好像一直聽到呼喚自己的聲音。

「來啊……我想出去透透氣……」

「來啊……帶我出去……」

不知過了多久，躺在床上的莓花忽然睜開眼，然而那雙眼睛卻不似平日晶亮有神，反倒像是覆上一層迷霧，眼神毫無聚焦。

莓花如同受到操控，從床上爬下，走到放著小熊背包的牆角處。她打開背包，裡頭頓時流瀉出翠綠色的光芒。

背包裡有一顆翠綠的蛋，光芒就是從蛋殼上閃現出的。

莓花表情空白地將蛋抱在懷裡，沒穿上鞋子，就這麼光著腳打開房門，悄悄地走出去。

房裡的何瓊渾然沒有察覺到異樣。

莓花抱著蛋走在三樓走廊，她感覺不到地板的冰涼，一步步地走下樓梯，經過二樓，來到一樓。

一樓只有壁上小燈仍亮著，客廳不見任何人影，也聽不到任何聲音，完全被安靜籠罩。

莓花光腳繼續走著，穿過了客廳，來到上鎖的民宿大門前。

莓花抱在臂彎中的蛋忽然綠光一閃，原本上鎖的大門竟瞬間無聲無息地鬆開鎖釦，隨即彷彿有隻無形的手推動大門。

厚實的大門自動開啓，莓花走出民宿外，四周一片寂靜漆黑，空氣裡充斥冰涼濕氣。

莓花再次被腦海中的聲音驅使，她邁開赤裸的小腳，踩上濕冷的草地。

剎那間，平靜的夜颳起強風，鄰近樹木被吹得猛晃枝葉，一抹碩大黑影從天而降。

同時間，還有另一抹黑影自另個方向疾速掠出。

雙方速度相當快，就像在互相比拚。

兩抹黑影逼近之際，形體也改變了，他們眨眼間化成人形姿態，兩隻手臂有志一同地探向莓花。

即將逼近莓花時，比兩隻手臂更快一步的，是無數大大小小的泡泡。

泡泡表面泛著深或淺的藍色，宛若保護網般地擋在莓花身周。

兩抹人影大驚，立即收回手臂，各自躍退一大步，與那些不知危險性的泡泡拉開距離。

下一瞬間，自上落下一道甜美悅耳的女聲。

「啊啦，你們兩個來歷不明的傢伙，是想對人家小女生做什麼？」

乍聞第三者聲音響起，兩抹人影一震，反射性循聲望去。

月夜下，民宿二樓的觀景陽台不知何時打開窗戶，一抹海藍色的纖細身影坐在窗台上，兩條白皙的腿垂掛在外。

隨後海藍色的身影凌空躍下，輕巧落於草地上，擋在莓花身前。

兩抹人影驚異地發現，對方竟是一名少女。海藍色的短髮髮，眼眸金燦，指甲綴著繽紛的顏色，很顯然，她絕非普通人類！

假如莓花這時候擁有自主意識，那麼她一定認得出來，這名藍髮金眸的少女赫然就是余曉愁。

除了是方奎的女朋友，在明陽高中就讀外，余曉愁尚有一個身分——她不是人類，她的原形是一隻小丑魚。

這事，方奎他們自然知曉。

原本余曉愁在二樓房裡睡得好好的，但突然間，睡夢中的她感知到兩股奇異氣息飛快逼近，其中一股甚至與自己相似，帶著水的味道。

驚疑之下，余曉愁立刻褪去平時的人類外貌，追著那兩股氣息而去。卻沒想到當她來到二樓觀景陽台、低頭俯望時，竟看到令人震驚的景象。

兩抹不知是何來歷、有何目的的人影，正要對莓花出手！

「我不管你們是什麼人，識相的就最好快滾呢。」余曉愁對兩人露出甜美卻又冰冷的笑，但與表面上的鎮定不同，心裡暗自警戒。

想對莓花出手的兩人，根本讓人辨識不出面貌。他們一人戴白底紅紋的面具，一人戴白底青紋的面具，連眼睛都沒露出來，唯有身材曲線洩露出性別。

紅紋面具的是女性，青紋面具的則是男性。

他們究竟想對莓花做什麼？還有莓花……余曉愁憂心地瞥了身後小女孩一眼。莓花身上不知道出了什麼事，她小臉木然，對外界發生的事一點反應也沒有，雙手還抱著一顆怪異的綠蛋。

余曉愁忽然發現，自己的視線似乎離不開那顆發光的蛋了。盯著盯著，她覺得心神都像是要被吸進去。

那蛋不對勁！

余曉愁猝然回神，內心大驚，但隨即她察覺到危機逼近，戴著面具的兩人同時出手了，目標依舊是抱著蛋的莓花！

余曉愁迅速靜心凝神，張手召來更多泡泡。這些泡泡宛若密集雨滴，朝敵人一口氣轟砸下去。

與此同時，余曉愁手臂一撈，抱過莓花，就想退回屋內。

「別礙我的事！」戴著紅紋面具的女子喝斥，然而吐出的聲音不似女聲，卻也不若男聲，如同做了變聲處理，特意讓人分辨不出眞實嗓音。

女子長袖翻捲，滿天泡泡頓時在半空生生停住，乍看之下，彷彿有層看不見的屛障擋住它們。

然而對水氣敏感的余曉愁瞬間發現到，是一層透明水膜攔下了她的泡泡。

果然，那名女子是水族相關之人。

「還有你也是！」女子攔下余曉愁的攻擊，誰知她下一步再度翻捲長袖，水膜大大彈動一下，所有泡泡隨之震起，緊接著全數被女子操控，傾倒向那名戴著青紋面具的男子。

余曉愁直到這時才知道，原來那兩人並不是一夥。

「這句話是我要奉還給妳的！」男子的聲音竟和女子同樣，讓人分辨不出男女。他的掌心剎那間匯聚出一道小型的綠色螺旋氣流，「不管妳是誰，我都不准妳來妨礙我！」

綠色氣流迅疾地迎向泡泡，眨眼間碰撞在一起。泡泡頓時「啪、啪、啪」地破裂，氣流仍舊向前衝，赫然是針對余曉愁她們與身後的民宿。

余曉愁沒有多想，即刻向前伸手，一顆碩大泡泡從她身邊膨脹起來，包裹她全身，甚至繼續擴大，包裹起整幢民宿。

余曉愁咬牙，準備等候衝擊到來。雖然不知男子實力如何，但從他剛剛展露的那一手，就能知道實力必定不會弱到哪裡去。

眼看綠色氣流就要撞上泡泡，可奇異的事發生了。

在雙方即將撞擊的前一秒，氣流竟在泡泡前全數逸散。

這是怎麼回事？

余曉愁愣了一下，她下意識看向男子，卻見到戴著青紋面具的那人抓著自己的手，粗重地喘氣，彷彿是他自己停下攻擊。

「破壞無關事物並不在我的預定內。」男子說，慢慢鬆開手，胸膛仍在劇烈起伏，顯示他方才費了好一番勁，才化解自己的攻擊。

「眞令人驚訝，這點我也有同感。不過，這不代表我會就此退讓！那寶物將是我的！」女子話聲驟落，一條水鞭立即出現在手上，宛若靈蛇，飛也似地朝余曉愁方向咬去。

「不對，得到它的人會是我！」男子的動作僅慢上一瞬，數根綠色羽毛自夜空浮現，緊接著也加入攻擊的行列。

不只如此，男子和女子在出手攻擊後，彼此同時掠出，五指屈起成爪，顯然是要趁余曉愁防備其中一方之際，硬闖她無暇顧及的空隙。

面對雙重攻擊，饒是余曉愁也不免有些緊張。可她仍然抱緊莓花，右手抓住一條由泡泡串成的鍊子，狠狠朝第一波攻擊揮甩過去。

羽毛被擊退，水鞭和長鍊糾纏在一塊，僵持不下。

但擋得了第一波，終究防不了第二波。

千鈞一髮之際，上方傳來了落地窗被猛烈開啓的聲音。

所有人下意識仰頭一望，男子和女子的攻擊也頓住了一剎那。

就是這一剎那，三人眼裡都捕捉到有多道銀光「刷」地自上刺下。還來不及反應，耳朵已先聽到銳物刺進草地的動靜。

戴面具的兩人和余曉愁低頭一看，不禁小聲地抽了口氣。原來銀光的眞面目，竟是五把亮晃晃的柳葉刀！

刀身修長的柳葉刀彷彿經過精準計算，不偏不倚地在余曉愁身周形成一個圓。余曉愁知道這是在保護自己，她認得這些刀，那雙金眸內不禁閃現欣喜。

比起余曉愁的反應，戴著面具的男子與女子卻流露出戒備。他們微退一步，然而後腳剛退，前腳都還沒來得及抬起，有誰在他們身後說話了。

「現在離開的話就饒你們一命，否則休怪我不客氣。」

那是屬於少女的嗓音。

男子和女子重重一震，反射性轉過身。雖然面具遮住他們的面部表情，不過從兩人僵直的背脊判斷，不難猜出他們此刻正感到震驚和疑懼。

出現在他們眼前的，是手持一枝等身高荷花的少女。容貌嬌美脫俗，髮絲和眼眸都是淡淡的粉紅色，眉心間還烙著五瓣同色的菱形花紋。

即使不知少女身分，但男子和女子仍感受到對方身上散發強大的氣場，與在場其他三人截然不同。

「小瓊！」余曉愁鬆口氣地喊出少女的名字。

那是解除乙殼、回復真身的何瓊。倘若有身為仙人的她坐鎮現場，便毋須擔心安危了。

何瓊向余曉愁點下頭，表示事情由她接手處理，她也注意到莓花的異樣了。何瓊暫且壓下對林家么女的擔憂，將視線移回面前兩名男女身上。

他們戴著面具，看不出相貌，有精怪的氣息，卻也不知原形為何物。

「再說一次。」何瓊柔聲開口，甜美的笑意染上唇角，「離開這，否則就不客氣！」嬌美的嗓音倏然變冷，一身粉色的美麗少女散發更強大的氣勢。

戴著面具的兩人明顯流露猶豫，他們望著何瓊，又扭頭看向莓花抱著的那顆綠蛋。

何瓊沒再出聲催促，她也在利用這機會，細細地打量這對不速之客。

實際上，何瓊一開始也不知道發生何事，她是被隱約聲響吵醒的。

這名少女仙人本就起床氣極大，生平最恨有人干擾睡眠。發覺聲音似乎不肯停歇後，火大地睜開眼，同時解除乙殼姿態，想去找擾人清夢的傢伙算帳。

只不過在她變回眞身後，卻也察覺到隔壁床鋪竟是空的，不見莓花的身影！

這下子，何瓊徹底清醒了，隨即她感受到屋外居然有三道非人氣息。其中一道她認識，正是屬於余曉愁的。

何瓊立刻奔出房外，在千鈞一髮之際，護住余曉愁和莓花的安全。

面對實力難以窺測的何瓊，戴著青紋面具的男子和戴著紅紋面具的女子似乎眞起了退怯之心。他們稍微挪動腳步，接著身影快如閃電地衝出——

卻是向余曉愁和莓花而去！

「寶物是我的，我要達成我的願望！」男子低吼。

「別妄想了，能達成願望的人是我！」女子怒喝。

望見這一幕，何瓊冷下嬌顏，手中荷花瞬間一揮甩。

男子和女子還沒逼近余曉愁她們，就感到難以想像的氣流席捲而來。他們甚至沒有防備的機會，轉眼被遠遠吹了出去，消失在夜色另一端。

「小瓊，不是要把他們抓起來嗎？」見危機解除，余曉愁放下莓花，忍不住詫異地問。

「咦？啊，我怎麼忘記了。」何瓊聽余曉愁一問，頓時懊惱地吐吐舌。她應該抓住那兩人，弄清他們的眞正意圖。但剛剛緊急時，她卻忘了這件事，只想保護己方人員的安全，又不願眞的施出狠招，才會反射性強制驅離他們。

何瓊手中荷花消失，斜刺在地的一柄柳葉刀飛起到她掌間。她握住刀柄，粉紅色的貓兒眼微瞇，眺望那兩名男女失去蹤影的方向，彷彿在盤算該不該追上去。

可就在下一刻，一聲驚呼打亂了所有計畫。

「莓花！」

何瓊一聞余曉愁的驚喊，馬上轉過頭，她的瞳孔猛然收縮。

直到剛才爲止都還睜著眼的小女孩，如今竟閉上眼，身體也軟綿綿地倒下，落在余曉愁及時伸出的臂彎裡，雙手抱著的綠蛋也滾到草地上。

「小瓊，那顆蛋拜託妳拿了。它不對勁，我不能靠它太近，我懷疑莓花變成這樣跟它脫不了關係。」余曉愁抱好莓花，目光落向民宿，「我們先回屋子裡。」

「找小藍和川芎大哥。」何瓊點點頭，粉袖一捲，那顆綠蛋隨即自動飛向她手中。

不再浪費時間，兩名少女飛快躍起，一前一後地自三樓敞開窗戶的觀景陽台回到屋裡。

隨著何瓊離去，四柄刺在草地上的柳葉刀也各化成一片荷花花瓣，消逸了形體。

一進到民宿三樓，余曉愁馬上直奔川芎等人房間。她騰出一隻手，在深夜中猛烈敲門。

「川芎大哥！川芎大哥！」

劇烈聲響在寂靜的走廊間顯得格外大聲。

川芎他們的房間還沒傳出回應，反倒是盡頭處的房門先開啓了。

「怎麼回事？是發生什麼……」薔蜜散著一頭長髮，身上穿著一件寬大的長袖上衣當睡衣。當她望見走廊上的情景，疑問瞬間戛然而止。

恢復真身姿態的何瓊和余曉愁，還有莓花！薔蜜震驚地吸口氣，鏡片後的眼眸不敢置信地睜大。

「薔蜜姊，我們等等再解釋。」何瓊急促地說，她也上前，舉起手用力敲打門板，「小藍！小藍！你們快點醒來！」

剛喊完這句，也不管房內人是不是已經聽見，何瓊嬌顏一凜，手中的柳葉刀便要直接揮往門板。

房門同時被人開啓，一道稚氣又憤怒的聲音迎面撲來。

「大半夜的不讓人睡覺他媽的還有沒有良心啊！」因韓湘的藥物變成幼童模樣的藍采和扭曲一張小臉，滿是睡意的眼裡閃動猙獰，手中還抓著一根人面蘿蔔充當武器。

柳葉刀的刀鋒和阿蘿的臉只差那麼幾吋，就要親密地接觸在一起。

似乎沒想到會見到自己的同伴抓著阿蘿來開門，何瓊不禁愣怔了下。

藍采和還沒完全清醒，只憑著一股怒氣衝出來開門，被他抓在手裡的阿蘿卻已看清停在自己面前的是什麼。

一把刀。

一把閃著森森寒光的柳葉刀！

阿蘿瞪大眼，瞬間淒厲地尖叫出聲。

沒了門板隔擋，這聲尖叫如同魔音穿腦。

藍采和當下一個激靈，被震得意識全回。

房裡的川芎也駭得挺身坐起，還能聽見他憤怒地大罵「該死，張果你沒事睡到我臉上幹嘛？你的肚子差點壓得我不能呼吸了」，接著就聽見急促的腳步聲。

下一秒，頂著一頭亂髮的林家長男出現在門口。

還沒問出什麼話，川芎就看見被余曉愁抱著的小女孩，他的臉色當場變得煞白。

「莓花！」迅速抱過莓花，川芎白著臉，心臟狂跳，他費了好大的力氣才總算擠出聲音，「這是怎麼了……莓花發生了什麼事？」

「她什麼事也沒有，最多就是昏過去。」一道清冷男聲隨著伸出的手臂響起，潔白修長的手指覆上莓花額頭，很快又收回。

所有人皆望向那道聲音的主人。

那是一名高大的白髮男人，眼瞳也呈現凍人的銀白。

張果不知何時解除了乙殼，恢復眞實的仙人姿態。

「果果，你說眞的？」何瓊最快反應過來，眼露驚喜。

「沒有異常的力量在裡面。」張果簡潔地回答，彷彿多解釋一句也不願意。

好在何瓊、藍采和也與張果相識千年，多少明白他的意思。

「太、太好了……」藍采和鬆了一口氣，他拍拍胸口。見川芎等人仍是一頭霧水，他趕緊解釋，好讓其他人也能安心，「果果用他的力量檢查過了。哥哥，你也知道他的力量是鎭靜嘛，可以回復一切紊亂的狀態。不過果果說他什麼都沒發現，就表示莓花的身體眞的沒有任何問題。」

聽到這裡，川芎他們終於放下心中大石。

川芎小心翼翼地抱緊妹妹，緊繃的肩膀逐漸放鬆。

「夥伴，俺還有問題。」阿蘿忽然舉起它的小短手——它還記得先將停在眼前的柳葉刀撥開——環視周遭一圈，「呃，所以現在究竟是出了啥米事情呀？」

「我和阿蘿也有同樣疑問。」

這時，另一道聲音跟著響起。

手中抓著眼鏡，似乎來不及戴上的方奎，喘著氣出現在樓梯口。他調節呼吸，重新戴好眼鏡，對眾人露出一抹沉穩自信的笑容。

「不過，我建議我們到一樓客廳去。那裡空間大，大家可以坐著談話，你們覺得如何？」

沒有人反對這個意見。

伍 約翰的怪異電話

深夜時分，民宿一樓客廳燈光卻全數亮著，插上插頭的電暖器驅散了寒意，替這處空間增添幾分溫暖。

川芎等人全都坐在客廳裡，余曉愁、何瓊，還有張果，恢復了平時的人類樣貌。何瓊帶回來的綠蛋就放在茶几中央，現在正被數雙眼睛緊緊注視著。

一時間，誰也沒開口，只聽到廚房不時傳出聲響，那是阿蘿自告奮勇說要幫大家泡茶的動靜。

好半晌過去，川芎率先打破靜默，「總而言之，我想先弄清楚這到底是怎麼一回事？」

「要說是怎麼回事的話……」何瓊喃喃低語，隨即她像是感到苦惱地搖下頭，「老實說，我也不知道怎麼會變成這樣。我是被曉愁他們打鬥的聲音吵醒的，出去外面察看時，就看到有兩個戴面具的人要攻擊她跟莓花。」

雖然莓花已經平安無事，但聽到自己的妹妹差點遭受攻擊，川芎仍感到心裡緊了緊，彷彿被一隻看不見的手抓住心臟。

「哥哥別擔心，莓花現在很安全的。」坐在川芎隔壁的藍采和努力地伸出手，拍了拍對方肩膀，接著換他繼續話題，「小瓊，妳說的面具是？」

「這個我記得很清楚。」余曉愁舉起一隻手，「女的是戴白底紅紋的面具，男的則是戴白底青紋的面具。他們都有變聲，像是不想讓人認出身分。不過他們倆顯然不是同夥，也不知道對方身分，看樣子是為了搶那顆蛋。」

余曉愁朝茶几中央伸出細白的手指，眾人的視線隨之望去。

那顆橢圓形的蛋如今已不再發光，只是靜靜地躺在那裡，光滑的蛋殼泛著翠綠的顏色。

方奎推推眼鏡，好奇地蹲在桌前仔細觀看，「很難猜出這是什麼動物的蛋哪……曉愁，這蛋是從哪裡來的？」

「……我不知道。」余曉愁說，聲音莫名滲入一絲緊繃。

「曉愁？」方奎沒忽略這細微的異樣，他扭過頭，眼裡透出擔心。

「我……」余曉愁雙手置於膝上，手指屈起，她深吸一口氣，「我真的不知道這蛋從哪來的。我發現有不尋常的氣息出現時，就看見莓花抱著蛋待在民宿外。這顆蛋有點奇怪，我恢復原形時，一直感覺蛋似乎在無形中有種蠱惑的力量……我明明不知道它是什麼，卻會直覺地認定它是一個寶物，吃掉它就能完成願望。但現在好多了，人類模樣讓我感覺不到那股吸引力。」

「這還眞是……」藍采和找不出形容詞地搖搖頭，「小瓊，妳有類似的感覺嗎？」

「唔嗯，完全沒有呢。」何瓊坦白地說。

「照小瓊和曉愁這麼說，那兩人會不會是同樣情況？」薔蜜沉吟一會兒，說出猜測。

「啥？」川芎困惑地挑下眉毛，順便移了下身體，好讓枕在腿上的莓花能夠躺得更安穩，然後再將因打瞌睡不斷向他手臂靠來的另一顆小腦袋，乾脆地推往另一邊沙發扶手。

張果直接倒向了沙發扶手，無動於衷地繼續睡他的覺。

「那兩個戴著面具的人，說不定他們也是受到蠱惑，才對莓花出手。」薔蜜說。

「啊，雖然不知道他們的身分，不過那個女的應該是水中的妖怪。」余曉愁想起這事，連忙補充道：「她身上有水的味道，攻擊方式也是用水。」

乍聞此言，川芎和薔蜜互望一眼。不知怎地，說起水中的妖怪，他們就聯想到了今日白荷說過的傳說故事。

關於八薇鎮的兩隻守護獸，鶯哥——還有鯉魚。

「應該不至於那麼湊巧吧……」川芎喃喃地說。就算身邊聚了一群非人，他還是下意識地將這則傳說當作單純的故事。

「什麼？哥哥，你有想到什麼了嗎？」藍朵和沒漏聽林家長男的喃喃自語。

「我只是想到白荷姊今天說的故事，不過應該沒什麼關係才對。」川芎皺眉說道，把話題推回他最想知道的另一件事上，「先不管那兩個已經消失蹤影的傢伙，重點是這顆蛋。莓花會一個人跑出去，是因爲這顆蛋嗎？」

「我猜是。」余曉愁回憶當時的情況，「那時候的莓花就像是人偶一樣，對任何事都沒反應，手裡抱著那顆蛋。我很難確定她究竟是在屋外撿到了蛋，還是……」

余曉愁沒說完，但眾人明白她的言下之意。

或許，莓花是在屋子裡就發現那顆蛋了。

問題是，什麼時候？在哪裡？薔蜜和白荷這幾日都在清掃民宿，爲什麼她們就沒發現？

川芎低頭望著神情安穩的妹妹，有些猶豫要不要試著叫她。假使莓花醒來，一些事想必就能獲得解答。

想到這裡，川芎決定嘗試呼喚莓花，不過他還未有動作，就先被其他事物引開注意。

大夥只見林家長男抬頭往樓梯口方向望去，眉頭緊皺，彷彿在確認什麼。

「哥哥？」藍采和納悶地問。

「好像……有什麼聲音？」川芎輕輕移開莓花的身子，他站了起來，下意識地往前走了幾步又頓住，「不，又沒了。」

「手機。」有誰無預警地開口。

以爲睡著的張果突然睜開眼睛。

「你的手機，剛響。」說完這句話，張果又自顧自地閉起那雙顯得清冷的眼睛。

沒想到張果會開口，客廳裡的所有人都是在好幾秒後，才猛然醒悟他的意思。

手機？川芎立刻與其他人對視上，發現他們眼中也流露一絲疑惑跟錯愕。

眾人心裡正浮現相同問題——大半夜的，誰會打電話過來？

「薔蜜，妳看能不能叫醒莓花，我去樓上看一下。」轉瞬間川芎做出決定，匆匆拋下話便三步併作兩步地跑上樓梯。

憑藉著腿長優勢，川芎一下子就直奔到自己房間，手機就擺在床邊的矮櫃上。

川芎拿起手機一看，螢幕上顯示的來電者令他一呆。

家裡。

彷彿難以置信，川芎還特地找出了號碼作爲驗證。然而映入眼中的那串數字，確確實實就是他們家的電話號碼。

老爸老媽去度蜜月還沒有回來，莓花、小瓊、張果、藍采和，還有自己都在八薇鎮，家裡有誰可以打電話過來？

「眞是見鬼了。」川芎咂下舌，將手機塞回口袋，匆忙地又奔向樓下。

管這通電話是不是鬼來電，現在重要的是莓花！

一回到客廳，川芎就瞧見自己的寶貝妹妹揉著眼睛，迷迷糊糊地坐起來。

「莓花！」川芎鬆開緊皺的眉宇，他大步上前，在沙發前蹲下身子，「莓花，妳有沒有哪裡不舒服？有的話一定要說，不可以騙哥哥，知道嗎？」

莓花下意識地點頭，她其實沒仔細聽川芎在說些什麼，她根本還弄不清楚現在是發生了什麼事。

等放下揉眼的小手，莓花驚奇地發現，自己居然不在房間裡，而且爲什麼大家都在？

蛋。

莓花傻愣愣地對上每雙眼睛，烏黑的眸子裡越來越多迷惑，直到她注意到茶几上的那顆蛋。

「那顆綠綠的蛋！」莓花瞪圓了眼，吃驚地喊出聲。

從這句話，眾人立刻推測出來，莓花果然不是第一次見到那顆綠色的蛋。

「莓花，妳見過它嗎？是在哪見到的？」川芎連忙再問。

「在房間陽台……葛格你們在外面說話時，我在房間陽台看見的。」莓花歪著頭，稚嫩的小臉上漸漸顯露困惑，「我聽見蛋在說話，然後、然後……不行，莓花想不起來……」

小女孩哭喪著臉，對自己記不住重要的事感到難過。

「莓花乖，這不是妳的錯唷。那顆蛋對妳說了什麼嗎？」雖說外表縮水，不過藍采和綻露出的溫和笑容依舊足以迷去莓花的心神。

「它、它叫我轉過頭，把它帶進去。」莓花紅著耳朵，結結巴巴地說，忽然她又緊張起來，「我沒有，莓花真的沒有帶它到房間裡去。」

「放心好了，我們相信莓花喔。」看得出來小女孩相當緊張，藍采和繼續柔聲安撫，可暗地裡卻與何瓊交換一記視線。

莓花說的那個時間點，除了（不幸的）方奎和張果，所有人都有進入房間。當時，他們的確沒發現那顆蛋的蹤跡。然而有一點，他們卻記得清清楚楚——

那時候，莓花還抱著她的小熊包包。

莓花不會說謊騙他們，這點藍采和與何瓊堅信不疑。既然如此，問題恐怕出在那顆怪異的蛋上。

「該不會是這蛋攝去莓花的心神，就像稍早那樣？」余曉愁不是人類，很快想通了某些事，「暫時操控人類心神的事，就連我也做得到。」

這話一出，川芎反射性把莓花拉到自己身後，不再讓她有靠近那顆綠蛋的可能。

「小瓊，藍小弟，你們覺得這蛋該如何處理？」薔蜜直接詢問兩名仙人的意見。

藍采和與何瓊對望一眼，兩人有志一同地搖搖頭。他們雖是仙人，但確實也不知該如何處理這事，更別說看出蛋中究竟藏有何種異物。

「要我說的話……」方奎似乎是端詳夠了那顆綠蛋，他認眞地豎起一根手指頭，「先拍照，再解剖。再不行，就送去參加『驚奇！你所不知道的超自然世界』。」

「解你個頭，萬一裡面突然跑出害人的東西怎麼辦？」余曉愁惱怒地打上男友後腦，隨即她眼尖地發現到一件怪事，「等等，那顆蛋……」

在場所有人都清楚看見了，原先好端端放在茶几中央、沒人碰也沒人動的綠蛋，居然往前滾了……一圈、兩圈、三圈？

宛若察覺到眾多視線黏在自己身上，綠蛋又停住不動了。

「搞什麼鬼？」川芎性子急，無意跟一顆蛋玩大眼瞪小眼的遊戲，更別提那顆該死的蛋還差點讓他的寶貝妹妹身陷險境，他伸出手，想一把抓起那顆蛋，誰知道客廳裡驀然鈴聲大作。

所有人都被嚇了一跳。

「欸？誰的手機響了嗎？」在廚房裡忙半天的阿蘿總算探出身子，它捧著托盤，盤裡放著一壺冒著熱氣的花茶和數個小杯子，「川芎大人，俺覺得聲音是從你身上傳出來的耶。」

川芎一愣，連忙從口袋裡拿出手機，手機螢幕正在發光，鈴聲變得更大聲了。

川芎看見來電顯示後，眉頭立刻狠狠擰起。見鬼了，怎麼又是家裡電話？

見川芎遲遲不接，薔蜜隨即靠近，順道把想要窺看、無奈如今身高縮水的藍采和抱起。

一大一小看清了手機螢幕上顯示的名稱。

「家裡？家裡不是沒人了嗎？」藍采和吃驚地嚷。

「川芎大哥，開擴音吧。」方奎提議。

川芎點點頭，他接聽了電話，同時切換成擴音模式，「喂？」

川芎才說了一個字，手機那頭瞬間傳出一陣呼天搶地的哀號。

「林川芎？林川芎！我終於成功打給你了啊！」

我靠，還眞的是鬼來電！川芎在心裡罵了句髒話，他不至於認不出聲音的主人是誰——他們家的隱藏版資深房客，一個住在地下室的中年幽靈。

「是叫布朗尼還是星巴克？」川芎皺著眉，向自己的青梅竹馬尋求意見。

「得了吧，我還西雅圖呢，川芎同學。」薔蜜對總是記不住房客名字的房東投予不贊同的眼神，「你忘了他的名字是喬治．派克嗎？」

手機裡的哀號聲變成悲慟的哭喊。

「誰是星巴克？誰是西雅圖？你們想喝咖啡不會自己去泡啊混帳！」

「閉嘴，反正這種事不重要！」川芎被這串哭喊弄得火大了，忙著討論要事，偏偏這傢伙還打電話添亂，「有事立刻講，沒事直接掛上電話！不准隨便浪費我家的電話費！」

川芎這一吼充滿魄力，手機裡的哭聲迅速消失得乾乾淨淨。

下一秒，約翰小心翼翼的聲音重新響起。

「林川芎，少年仔也在你那邊對不對？他的那個同伴，叫呂洞賓的，早上有打電話過來。」

洞賓？藍采和與何瓊雙雙怔住，他們怎麼也沒想到會聽見這個名字。

「洞賓他說了什麼嗎？」爲了避免藍采和開口後又得解釋一番，何瓊趕緊代爲問道。

約翰不疑有他，老實交代，「呂洞賓他說，前幾天……」

但也不知道是不是收訊不好，約翰剛說了幾個字，手機裡就傳出沙沙沙的雜音。

「喂？說什麼啊？」川芎提高音量。

「說……」

沙沙沙。

「年……下來……」

沙沙沙。

「最近……」

手機裡的雜音忽然消失，可連帶地約翰的聲音也不見了。

手機斷了訊。

川芎又試著「喂」了好幾聲，最後只能惱怒地彈下舌，收起手機。

有聽到那些片段字句的人們，則是在猜呂洞賓究竟想傳達什麼。

「我聽到『年』。」薔蜜輕蹙眉頭。

「我好像有聽到『天界』？」藍采和不是很確定地說。

「我們聽到了『最近』和『下來』。」方奎舉手發言。

余曉愁點頭附和。

林家長男完全沒有豁然開朗的感覺。

「俺知道了！俺知道呂大人是要說什麼了！」阿蘿簡直都想佩服自己的智慧了，它驕傲地捧著托盤，跳到茶几上，得意洋洋地展示一段華麗的旋轉小跳步，「把所有關鍵字串起來，不就是說，『呂大人最近要從天界下來和大家過年』嗎？喔！天啊！俺真是天才！俺果然是——唔哇啊啊啊啊！」

阿蘿忽然爆出一串驚叫，它在沒有看路的情況下，竟踩到了茶几上的綠蛋。光滑的蛋殼瞬間讓它腳一滑，整個身體呈現四腳朝天的姿勢飛了起來，手上托盤也飛了出去。

幸虧周遭幾人眼明手快，他們反應迅速地朝著托盤、茶壺和杯子伸出了手。

然而綠蛋卻被人忽略了。

那顆蛋因爲阿蘿的誤踩，順勢滾了出去。

等藍采和他們注意到時，蛋已從桌緣掉下去，和地面越來越近。

位置最近的余曉愁急忙伸出手，試圖做最後的補救。

但，還是來不及了。

眾目睽睽及屏氣凝神之下，那顆翠綠的蛋和地板來了一次毫無距離的親密接觸。

「啪」的一聲，蛋殼裂了。

所有人啞口無言地望著這一幕，短時間內竟是誰也沒做出反應。

忽然，碎裂的蛋動了一下，再動了一下，接著蛋殼劈里啪啦地全掉下來。一隻兩個手掌大的灰色斑紋貓抖抖身子，張嘴做出宛如打呵欠的動作，露出嘴中尖尖的牙齒。

這是一隻相當可愛的小貓，毛色雖然是灰色帶條紋，但肚皮和四隻腳掌卻是白色，乍看下就像是踏著雪一樣，額頭還有類似「王」字的花紋。

客廳裡的一干人全看傻眼了，他們怎樣也沒想到，蛋裡居然會……孵出一隻小貓？

何瓊是最快回神的人，她向來喜歡小動物，尤其是小貓小狗，現在見到這麼可愛的貓咪，再也忍不住心中的歡欣之情。

「好可愛！」何瓊難掩興奮地跑到貓咪面前，她蹲下來伸出手，小心翼翼地抱起那隻似乎猶然不知發生何事的小動物。

只不過何瓊剛抱住貓咪，嬌美的容顏卻是瞬間一凜。她用最快速度改拎住貓咪後頸，將牠與自己的距離拉遠，漂亮的貓兒眼中似乎還隱隱含帶著，殺氣？

藍采和看得不是很清楚，但有一件事是確定的，何瓊必然發現了什麼不對勁。

「小瓊？」

「這貓有問題。」何瓊拎著小貓，一字一字地說，語氣鏗鏘，不容懷疑。

「我想從蛋裡出來這點，就夠有問題了。」方奎小心地指出最明顯的證據。

「不是那個問題。我說的問題是……」何瓊罕見地遲疑半晌，最後她示意余曉愁靠過來，和對方咬了一下耳朵。

隨即就見到余曉愁白皙的臉蛋漲紅，那是被氣紅的，原本漆黑的眸子更是轉成燦金。

「居然……我要宰了這隻該死的貓！」余曉愁氣急敗壞地朝貓咪伸出手。

「等一下，曉愁！妳先等等！」見自己女友暴走，方奎趕緊從後架住她的手臂，「我們什麼事都不知道啊！」

「要知道什麼？這隻貓根本就沒想什麼好事！」余曉愁氣惱地罵道：「小瓊說她聽到牠的聲音了。」

直到這時，大夥才倏然想起何瓊擁有獨特的能力——即便在乙殼的狀態下，她也有辦法與小動物溝通。

「所以牠說了什麼？」藍采和眞的只是好奇才問的。

余曉愁金眸更加熾亮，像要噴出了火，她咬牙吐出了兩個字。

但聲音太小，沒人聽得清楚。

「曉愁？」方奎再問一次。

「噢，該死的……就你們幾個，我才說的。」余曉愁深吸一口氣，豁出去地喊了出來，「胸部！那隻色貓想的都是胸部！還在猜我們是什麼罩杯的！」

這下子，無論是藍采和或方奎，都巴不得自己沒開口問過了。

包括川芎在內，三名男性都尷尬得說不出話來，視線也不敢亂瞟。

同樣聽見答案的薔蜜沒什麼表情變化，她放下藍采和，靠近何瓊，從她手裡接過那隻小灰貓。

「我想，就算是貓也得知道有些事別亂想。」薔蜜溫聲地說，將小貓放在牆角。她推扶了下眼鏡，嗓音凍成絕對零度，「你說是嗎，貓咪先生？」

小貓直覺地為那冰寒的聲音哆嗦了一下。

「我贊同薔蜜姊的話。」余曉愁堵住右邊的去路，清麗的臉蛋皮笑肉不笑。

「我也是相同的意見呢。」何瓊笑吟吟地擋住左邊。

面臨三方包夾，找不到逃脫之路的小灰貓持續哆嗦著。牠彷彿想博取同情，怯生生地叫了一聲——

「年。」

咦?欸?啊?

本來還在盯著地板、盯著天花板的男性們反射性扭頭,想確定自己是不是耳背聽錯了。

「年?」莓花困惑地抬起頭。

「年?」四腳朝天、躺在角落一直沒人理的阿蘿也迅速地跳起來,它三步併作兩步地衝向薔蜜她們,「薔蜜大人,剛是『年』嗎?不是應該『喵』嗎?俺想聽!俺超級想聽的!」

阿蘿興奮地從空隙裡鑽進去,充滿研究精神地觀察那隻奇妙的小灰貓。

小貓彷彿被嚇住了,牠瞪著闖進視野內的人面蘿蔔,猛然豎直尾巴,弓起背,發出更淒厲的叫喊。

「妖怪!妖怪!有蘿蔔妖怪啊!」只是這回連鳴叫都不是了,而是直接發出尖細的小孩子聲音。

隨著阿蘿越是靠近,小貓的慘叫也就越淒厲,到最後甚至撲向了牆,爪子抓撓牆壁,巴不得可以爬過這面牆逃走。

「不要啊!救命!救命!別過來!」

「欸嘿,碰友!別這樣害羞咩!」渾然不知自己就是對方恐懼的來源,阿蘿張開雙手,打算用熱情的胸襟接納牠,「想不到咱們欣賞女性的觀點差不多。噢!其實薔蜜大人的聖域……」

啪噠一聲，阿蘿被一隻長腿踩在底下，當場沒了聲音。

也不管自己會不會踩得太用力，薔蜜彎下腰，再次拎起那隻瑟瑟發抖的小灰貓，或許是那小孩子般的聲音觸動了她的同情心。

「所以，你會說話？」薔蜜將小貓拎得高高的。

小灰貓怯怯地又叫了一聲，「年年。」

「所以，你不是貓妖吧？貓可不會『年年』地叫。」余曉愁雙臂環胸，金色的眼眸變回黑色，口氣也軟了下來。

「想瞞過我們是沒用的唷。」何瓊笑得甜美動人，但雙眼內自有股氣勢。

小灰貓看看三名女性，再看看被踩在鞋底下的人面蘿蔔，害怕地嗚噎一聲，隨後放聲大哭起來。

面對著一隻嚎啕大哭、模樣又可憐兮兮的小貓，年紀最小的莓花於心不忍，她扯了扯兄長的袖角，「葛格，貓咪好可憐。」

川芎得承認，單看這隻哭得淅瀝嘩啦的貓，確實會覺得牠很可憐。但只要想到先前牠對莓花做的事，以及剛剛對三位女性的遐想，他的同情心就退得一乾二淨，取而代之的是熊熊怒火。不過川芎還是拚命克制，咬牙切齒地喊了一聲薔蜜的名字。

「張薔蜜，把那隻貓拎過來吧，我們還有一堆事得問牠。」

薔蜜同意，但她先俯身在小貓耳邊輕聲說了幾句，小貓的哭聲戛然而止，只剩眼裡還噙著淚水。

「薔蜜姊，妳對牠說了什麼嗎？」余曉愁不禁好奇。

「也沒什麼。」薔蜜一邊將小貓帶到茶几，一邊輕描淡寫地說，「我只是告訴牠：『不要以為哭能解決問題，再不好好配合，我明早就把你送到獸醫那做結紮手術，反正你也不需要什麼男子氣概了』，就這樣。」

「喔喔，眞不愧是薔蜜姊！」余曉愁臉上浮現讚歎。

比起余曉愁的崇拜，在場三名男性外加那隻小貓，都反射性地嚥了下唾液。

……居然做出這種威脅，眞不愧是張薔蜜（薔蜜姊）。川芎、方奎，以及藍采和，在心中發出了另一種意義的感嘆。

「葛格，結紮手術是什麼？」莓花又拉拉兄長的衣角，圓亮的眸子內滿是求知欲。

川芎張張嘴巴，這一刻卻是詞窮了。

「莓花乖，下次有機會我再告訴妳。我們現在先來看看，這隻小貓咪到底是從哪來的吧。」薔蜜轉移林家么女的注意力。

鬆一口氣的同時，川芎卻也不免擔心，他的青梅竹馬該不會亂教什麼吧？

「林川芎，你當我是誰？」像是看穿對方的想法，薔蜜睨了川芎一眼。

小灰貓被放在茶几上，顯然是眞的被薔蜜的威脅嚇住，乖乖地不敢亂動。

一行人又全部坐回沙發。

川芎剛坐下，本來腦袋枕在沙發扶手上的張果換了方向，改讓自己整個背部都倚在川芎的手臂上。

川芎也隨便他了，只要他不嫌那隻貓太吵，直接變身將貓扔出去就行。

「首先，我們要知道你的名字，貓咪先生。」薔蜜冷靜地掌握主導權，問出第一個問題。

「不……不知道……」小灰貓戰戰兢兢地說，像是怕薔蜜不相信，牠舉起一隻前掌，尖聲喊道：「我眞的不知道！我不知道自己叫什麼名字，也不知道爲什麼自己會在這裡！」

「不是吧，一隻失憶的貓？」方奎惋惜地嘆了口氣。

「失憶的話，來個強力撞擊不就想起來了？」身上被踩出鞋印的阿蘿攀在桌緣，熱心地提議，「夥伴、夥伴，這時候就要靠你了！憑你那能打破牆壁的美好力氣，一定可以讓這隻貓回想起一切的！」

「在回想起一切前，牠也掛了吧？」川芎瞪了阿蘿一眼，再投給看起來有點躍躍欲試的藍采和一記警告眼神，示意絕對不准輕舉妄動，接著他凶惡地盯著小貓，「我不管你是不是失憶，我只問你一個問題，爲什麼要操控我家莓花？」

「我我我……我不是有意的，我只是、我只是想請她帶我到屋子裡躲著……」小灰貓眼內浮現淚光，「一顆蛋很難行動的……不對，我本來也不是一顆蛋，是爲了保護自己才弄出這層保護罩。我可以發誓，晚上我只是想透透氣，才會……」

「那，那兩個戴面具的人是誰？」藍采和接著問，他在何瓊眼中看見肯定。這隻貓沒有說謊。

小灰貓委屈地搖搖頭，「我也不知道……我有意識時就發現自己在這鎮上，然後便出現了那兩個戴面具的傢伙。一開始是青面具的先出來，後來又跑出了紅面具的……他們想吃我，說什麼吃了我可以完成願望……」

「不可能完成願望。」一道屬於小男孩的嗓音說，卻不是來自變小的藍采和。

將林家長男的手臂當靠枕的張果睜開眼，墨黑的丹鳳眼一片冷徹，什麼情緒也沒有。

小灰貓幾乎是反射性地感到畏怕，牠豎起毛，隨時想逃走。

張果坐直了身體，他舉起手，直指小灰貓。

他說：「吃了只會死，這東西是年的幼獸。」

陸 相菰與椒炎的護衛

年，年獸。

川芎當然聽過年獸的傳說，那據說是過年時要放鞭炮、貼春聯習俗的由來。

相傳在很久以前，有一隻名爲「年」的凶惡怪獸棲息在海底。每年要過年時，牠就會從海裡跑出來，到處吃人塡飽肚子。弱小的人類根本無力反抗，只能害怕地等待年末到來。

某天，有一位善良的仙人不忍心人類如此擔心受怕，他化身成一名老人，到人類村莊裡教導人們在門上貼上紅紙，並在院裡燒竹子，讓它劈里啪啦地響。

原來，年獸最怕的就是刺耳的聲音和紅色。

自從仙人教導人類這些辦法後，年獸就再也不敢到陸地亂吃人了。

久而久之，這兩個用來驅趕年獸的方法，就演變成貼春聯和放鞭炮的習俗。

川芎原先眞以爲這只是傳說故事，但張果的一句話打破了他既有的認知。

不過張果點破小灰貓的眞實身分後，藍采和、何瓊與余曉愁卻反倒大大地鬆了口氣，彷彿年獸只是一種安全無害的生物。

「哥哥，我可以保證，眞正的年獸絕對和故事裡的不一樣，所以完全不用擔心。」藍采和笑容可掬地說，卻似乎想要賣個關子，怎樣也不肯多解釋關於年獸的事。

不只藍采和，余曉愁與何瓊也露出神祕的笑，但什麼都不多說，彷彿打定主意等時候到了，再給眾人一個驚喜。

至於也可能知情的阿蘿，則在川芎等人的視線掃過來之前，不知從哪弄來了一個上面打著「X」的口罩戴上，還對他們比手勢，表示自己是一根忠貞的好蘿蔔，絕對不會背叛主人，透露半點消息。

好吧，既然藍采和他們堅持不透露，川芎也只好放棄追問，反正更可憐的是那隻沒辦法得知身世的小灰貓。只不過這些懸念卻讓川芎整晚的夢充滿了紅紙、鞭炮，還有一堆小灰貓在發出「年年」的叫聲。

直到川芎覺得自己好像聽見大門開啓的聲音，腦袋裡似乎還殘留一連串「年年」的叫聲。他費力地撐開眼皮，想看清大門是不是眞的被打開，但刺眼的陽光讓他不由自主地再閉上眼，眉頭皺得死緊。

下一剎那，川芎聽見詫異的驚呼。

「我的天啊！你們是怎麼了嗎？」

那是白荷的聲音。

當「白荷」兩字閃過腦海，川芎頓時一個激靈，這下是眞的徹底清醒了。顧不得眼睛還沒適應光線，川芎立刻強迫自己睜眼，慌慌張張地跳起來。

「白荷姊！」

民宿的女主人就站在大門敞開的客廳裡，手中提著一個大袋子，美麗婉約的面龐因自己所見的一切染上難以掩飾的驚訝。

白荷環視客廳一圈，現在已是早上八點。她原本是要過來準備早餐的，沒想到一踏進客廳，卻望見一幅……屍橫遍野的景象。

白荷這話確實沒有誇大。

應該在各自房間好好睡覺的房客們，不知為何全東倒西歪地睡在客廳。噢，上帝！那名叫藍采和的孩子怎麼有辦法睡成那樣？頭在地上、腳掛在沙發扶手上？

白荷一個一個看過去，有些人誇張的睡姿令她目瞪口呆。

川芎跟著白荷的視線掃視客廳一遍，他當然也瞄見藍采和的驚人睡相，連忙將那雙腳撥下去，免得維持這姿勢掛太久會腦充血。

川芎還注意到自己青梅竹馬的睡相——背脊筆挺，雙手環胸，臉微微低垂——他覺得真是符合對方「鐵血編輯」的稱號。

「呃，你們昨晚是熬夜一起看電視嗎？」白荷困惑地微笑，隨即目光落到茶几上。

那裡正躺著一隻呼呼大睡的小灰貓，耳朵不時無意識地抖動幾下。

「怎麼會有這隻可愛的小貓？」白荷眼中浮現驚訝和喜悅，她擱下手裡的袋子，在茶几前彎下腰，伸手輕輕逗弄小灰貓的下巴。

「白荷姊，那是……那是我們養的，昨晚沒放出來。」川芎努力找了個理由搪塞。

幸好白荷似乎是相信了，她憐愛地撓撓小灰貓的下巴。

小灰貓迷迷糊糊地睜開眼，牠張開嘴，好在只是打了個呵欠，而不是發出不屬於貓的叫聲。當牠看清面前是一名肖似薔蜜的美麗女子時，牠耳朵豎起，精神都來了。

沒有多想，小灰貓反射性撲起，目標——白荷的胸部。

然而才只是剛躍離桌面，小灰貓就感到一陣天旋地轉，等有辦法反應時，才震驚地發現自己居然又躺回桌面，而且四腳朝天、肚皮朝上。

是發生什麼事了？

一旁的川芎目瞪口呆地目睹了全程，「白……白荷姊，妳爲什麼要將那隻貓摔過去？」

「哎，該怎麼說呢？」白荷就像是覺得困惑地單手捧著臉，「那隻小貓撲過來的時候，我突然生起了一種類似色狼靠近的預感，然後就不知不覺……」

川芎沉默，暗暗佩服白荷的獨特感應。他又環視了仍毫無動靜的眾人，猛地拍下手，響亮的掌聲迴盪在客廳內。

「好了，該起床了！統統給我睜開眼睛，然後去刷牙洗臉！方奎、曉愁、小瓊、張薔蜜、藍采和、張果！」川芎一邊走到眾人身旁推晃他們的肩膀，一邊趁白荷沒有注意到，把卡在茶几死角的阿蘿一腳踢進沙發底下。當他來到莓花身邊時，他放輕音量，伸手摸摸她的頭，「莓花，該起床了，太陽曬屁股囉。」

所有人都迷迷糊糊地睜開眼，可以聽見有好幾人因刺眼的光線而發出哀叫，反應之大像是吸血鬼碰上陽光即將灰飛煙滅一般。

川芎眼尖地發現沙發底下又有一截綠色和白色冒出來，他一個箭步踩住阿蘿的身體，對戴口罩的人面蘿蔔比了下白荷的方向，接著再做出一個抹劃脖子、拇指向下的手勢。

意思很明顯——敢讓白荷姊發現，就燉了你！

阿蘿很自動地縮回沙發底下。

一番梳洗後，包括川芎在內的所有人重新回到客廳，廚房也傳出食物的香氣。

趁白荷還在廚房裡準備早餐，藍采和抱著小灰貓，壓低聲音問林家長男，「哥哥，那我們今天要先做什麼才好？去找那兩個戴面具的傢伙嗎？」

「做什麼？我還有事情想先問你哪，藍采和。」川芎瞇起眼，視線銳利，「你不說年獸的事也就算了，為什麼張果認得出來，你卻認不出來？喂喂，你不也是八仙嗎？」

哥哥，你這樣太大小眼了啦……明明小瓊也沒認出來。藍采和擺出可憐兮兮的表情，可惜川芎不吃這套，全世界能讓川芎因為可愛而忽略其他的只有莓花而已。

「快說。」川芎甚至還不客氣地彈了下他的額頭。

「川芎大哥，對不起，我和小藍是真的認不出來。」何瓊充滿歉意地說，「年的幼獸都是放在專門的園子裡養育的，等成為成獸才會讓牠們進入人界，執行牠們的任務。我和小藍只見過成獸，果果的見識比我們都廣，所以才認得出來。」

「如果是這樣……小瓊，那也不是妳的錯，妳別放在心上。」見何瓊面露歉疚，川芎安慰她，「只是，爲什麼年的幼獸會跑到這裡來？按照你們的說法，不是成獸才能下凡？」

「啊，這其實也是我們最想知道的問題。」藍采和抓著小灰貓的前掌舉起，同時有些羨慕何瓊能獲得林家長男的安慰，「小年獸沒什麼自保能力，偏偏『年』又是一種珍獸，要是將未成年的牠們放入人界，很容易引來覬覦，就像把一塊肥肉丟到猛獸群裡一樣。」

「所以那兩隻面具妖怪才會追著這小東西不放？」方奎用手指戳了一下小灰貓的肚子，視線離不開，彷彿想要看出牠身上是不是還藏有什麼機關。

「這算是妖怪的本能啦……」余曉愁尷尬地吐吐舌，她恢復原形時也被吸引，「就是看到好東西，身體會忍不住……不過，我還是第一次知道原來年不能吃。」

聽到這裡，所有人的視線皆轉向張果。昨夜，就是他指出如果吃了年獸會有生命危險。只不過被注目的小男孩完全不管他人，低頭盯著地板發呆。

「藍采和，眞的不能吃嗎？」余曉愁這話只是純粹好奇，但顯然讓小灰貓一陣恐慌。

「年年！我不好吃，一點也不好吃！」小灰貓在藍采和懷中不斷掙扎。

「安分點，曉愁又沒眞的想吃你。」藍采和加大手勁，分明是兩條雪藕般的細小手臂，卻比什麼牢房都還難以撼動，「曉愁，妳想想看就知道了，年的體內很容易充滿毒素……所以，才會說吃不得。」

「毒素？」小灰貓仰起頭，圓圓的大眼睛滿是疑惑。雖然從藍采和他們口中聽了不少關於自身的事，但對一切懵懵懂懂的牠卻又覺得這些事聽起來沒什麼眞實感。

「毒素？」莓花也好奇地睜圓一雙眼睛。

小女孩和小貓的雙重困惑表情看起來太過可愛，具有強大的殺傷力，藍采和差點就要把年獸相關的事全說出來，如果不是有道聲音搶先一步。

「俺知道了！俺終於知道了！」一直趴伏在沙發底下的阿蘿似乎想通什麼，扯掉口罩，激動地爬出來，「夥伴，俺終於解開了！呂大人的留言，其實應該是『最近會有年從天界下來』才對！」

「什麼年？川芎你們在討論過年的事嗎？」白荷端著一大盤烤好的麵包走出來。

「沒錯！我們在討論過年時要去哪玩啦，白荷姊。」川芎趕緊站起，幫忙接過那一大盤麵包，順便用身體擋住對方的視線，好讓薔蜜能迅速把踩在鞋底的阿蘿重新踢回沙發下。他心中則是暗捏把冷汗，幸虧白荷姊什麼也不知道，誤以爲他們在閒聊。

將麵包交給川芎他們後，白荷又折返廚房，提了一大壺現榨柳橙汁出來。

「假使吃不夠，廚房裡還有。」白荷笑笑地說，「你們慢慢吃，我先去掃一下大門口。」

「白荷姊，我來幫妳吧。」方奎自告奮勇。

「不用了，你們先吃早餐吧。」白荷笑著婉拒了方奎的好意，「只是掃一下，很快就好。不過，也不知道是誰在惡作劇……」

「惡作劇？」薔蜜見自己的表姊蹙起眉宇。

「是啊，我剛來時就看到門前落了一地的羽毛和魚鱗。怎麼會有人……」白荷的話才說到一半，除了張果以外，原本坐在沙發上的人統統站了起來。

羽毛和魚鱗……昨夜不就是那兩個戴面具的不明人士來襲嗎？沒有多想，川芎等人立刻往大門跑去。

明朗日光下，草地上散落了不少翠綠羽毛，還有金紅色的鱗片在閃閃發光。

所有人沉默著，他們不約而同地想到一件事——八薇鎮的守護獸，鶯哥和鯉魚。

「怎麼了嗎？」白荷詫異地自屋內走出來。

川芎深吸一口氣，猛然轉過身，他抓住白荷的手，「白荷姊，能不能請妳告訴我們，常山和晶湖要怎麼去？」

常山，是八薇鎮守護獸傳說中，鶯哥佔地為營的地方。

或許因年關將近，遊客大幅減少，平時是八薇著名旅遊景點的常山，今早人煙稀少。山間小路的入口處只有少少幾人。那是一支五人團體，成員年齡不同，其中還有兩個小男孩。

最大那位約莫二十來歲，板起的臉孔看起來難以親近，有種好似正不高興的錯覺，但其實他只是皺眉打量通往山裡的路徑。

這名男人正是川芎，身邊的是與他一同打量山路的方奎。稍微落後一、兩步的距離，除了盯著地面發呆的張果，還有一個少年及一個男孩。

少年皮膚深褐，紅髮紅瞳極為搶眼。他抱著雙臂，不馴的眉宇習慣性地帶有不耐。相較於紅髮少年，比張果大上一點的男孩則睜著眼，不停地東張西望，清秀的小臉有好奇也有謹愼。由於劉海過長，倘若不仔細看，不易發現他的眼睛其實是紫色，瞳孔還呈現出人類絕不可能擁有的杏仁狀。

少年與男孩並不是人類，他們的名字分別是椒炎和相菰，皆為藍采和的植物。為了保護川芎與方奎的安危，才奉藍采和的命令，特別守在兩人身側。

是的，藍采和並沒有與川芎一起行動。不僅他，其他人也是。因為他們負責的區域是據說潛藏著鯉魚的晶湖。

昨夜發生了莓花遭襲的事，再加上民宿門口出現羽毛和鱗片，川芎他們很難不將這些事和八薇的守護獸傳說聯想在一塊。

向白荷打聽常山與晶湖的位置——傳說中，兩隻守護獸各自的棲身之地——川芎他們便決定主動前往一探究竟。

只不過，常山和晶湖在兩個相反的方向。為了節省時間，也為了避免他們在探查一方時，另一方突然有什麼動作，最後一群人決定分成兩組，同時進行。

川芎和方奎主動攬下常山的探查工作，把不須費太多體力的晶湖留給薔蜜等主要由女性和孩童組成的隊伍。

雖說有張果跟在川芎身邊，但保險起見，藍采和特地從籃中界召喚出椒炎和相菰兩株植物。將川芎和方奎的安全交給不會隨便添亂的他們負責，藍采和也比較安心。

「川芎大哥，你覺得怎樣？」盯了上方一會兒，方奎摘下眼鏡，用衣角擦拭鏡片。

「不怎麼樣。」川芎皺著眉，然後轉身抓過張果，這才邁出第一步。他會這麼做，純粹是為了預防這位認路技能不合格的仙人迷失方向，他可不想在山裡像無頭蒼蠅般地找人。

見狀，方奎趕緊跟上去。

根據白荷的說法，只要沿著山路往上走約一小時，就能看見鎮民為守護獸豎立的石像。常山的路還算好走，不會特別崎嶇，途中也能見到供人休息歇腳的亭子，亭裡甚至有免費的茶水供人取用。

如果不是為了尋找守護獸，川芎倒很樂意在有空時，帶著妹妹悠閒地爬山。更何況山頂視野好，還能將八薇鎮的景象收納眼裡。

只是在其他人眼中是好處的特點，看在方奎眼中卻讓他暗自叫苦連天。

方奎怕高，這風景反而讓他不自覺地嚥口水，腳步也有些虛軟。他不敢隨意東張西望，只能專心地盯著前方，說服自己其實是走在平地。

椒炎和相菰殿後，他們倆走起山路一點也不喘，呼吸不見紊亂。

一個小時的路程說長不長，說短不短。

就在方奎走得氣喘吁吁時，一抬頭，就看到前方不遠處矗立著一個龐大的石灰色物體。

「川芎大哥！」方奎頓時精神一振。

「應該就是那個沒錯。方奎，我們動作再快一點！」川芎一把抱起張果，方便自己邁出更大、更快的步伐。

「咦？還要再更快……川芎大哥，等我一下啊！」眼見川芎一下子就與自己拉開距離，方奎連忙加快腳下速度，好不容易終於追上。

川芎和方奎總算可以看清那座石灰色物體的全貌。

那是一隻巨大鷲哥的石像，它昂首張翅，外貌栩栩如生，彷彿隨時會厲嘯一聲，振翅飛翔。從石像外觀來看，看得出它受到了良好的維護，沒有一般常見的磨損。

川芎放下張果，仰頭望著這尊比自己高的石像，他實在很難看出有什麼不尋常之處。但按照藍采和與何瓊所言，通常精怪的落腳處、最適合供其依附的，就是擁有外形的雕塑或石像之類的存在。

方奎難掩好奇，他圍著石像打轉，不時摸摸敲敲，但也沒發現什麼異常。

川芎原本是想叫張果來看看的，但見那名小男孩已自顧自地找好位置坐下，閉眼休息，他很認命地放棄這個想法。

算了，只要那小子不我行我素地亂跑就已經是老天保佑了。

川芎眞的不想在人生地不熟的山裡，到處找一名失蹤仙人。

「川芎大人，讓我來看看吧！」相菰自告奮勇地舉起手，隨後靠近石像。他伸出手，貼住石像，紫色的眼睛閉上，一會兒後又睜開。

相菰小臉皺起，他再次重複方才的動作，最後小臉皺得快跟包子差不多了。

「是發現什麼了嗎？」方奎問道，他也學相菰摸上石像，不過只感覺到冰涼的觸感。

「你再摸個一百次也摸不出鬼來，手拿開。」張狂的少年聲音傳了過來，椒炎走上前，睨了方奎一眼，直到那隻手縮回，他才伸出手。

幾秒過後，椒炎冷哼一聲，「裡面沒東西了。」

「沒東西？所以原本是有什麼在裡面？」川芎哪裡聽不出言下之意，就是因爲聽懂了，他的眉毛才糾結起來。

「石像裡有殘存妖氣。」相菰解釋道：「感覺是最近留下來的。也就是說，川芎大人你們要找的妖怪現在沒待在這裡了。」

「如果你們想守株待兔就隨便你們。」椒炎撇撇唇角，他再瞄了石像一眼，最後直接到附近巡視是否還有什麼蛛絲馬跡。

即使嘴上不饒人，但椒炎仍不忘幫川芎他們一把，這是藍采和的命令，也是藍采和的希望。

「川芎大人，你們決定好怎樣做，再告訴我們。放心好了，我們一定會照你們的命令行動！」相菰挺起自己單薄的胸膛，再認眞不過地說道。接著他表情一變，扭捏地戳戳手指，期期艾艾地望著川芎，「那個啊、那個啊，川芎大人，到時候你能不能送我一張薔蜜大人的照片？不用太私人的也沒關係……就算是團體照也可以的！」

林家長男沉默半晌，看著小臉通紅、雙眼滿是期待的相菰。雖然很想說他怎麼可能會有那麼恐怖的東西，但由於兩人是青梅竹馬，他還眞有不少與薔蜜的合照。

「是有團體照的……」川芎就像是不想承認這個事實地說。

「眞的嗎？太棒了！」相菰馬上雙眼一亮，他捧著臉頰，臉上全是興奮神色，「川芎大人，太感謝你了！照片，薔蜜大人的照片……我要把薔蜜大人以外的人物都畫叉叉、塗黑，再剪下來！」

目送相菰開心跑開，川芎則是在瞬間決定，絕不會給相菰任何一張照片！

……靠夭咧，那是什麼表達怨恨的詛咒手法？

「川芎大哥。」方奎一手拍上川芎的肩膀，「我覺得你還是別給照片好了，我敢打賭，那些被剪下來的人說不定會被相菰拿來練習射飛鏢，單戀中的人果然最可怕啊。對了，你眞的沒考慮過湊合相菰跟薔蜜姊嗎？你知道的，年齡和種族其實不是什麼問題。」

「最大的問題是，喜歡大叔的張薔蜜和喜歡熟女的相菰一輩子也不可能搭在一起。」川芎白了一眼本身就是跨種族戀愛的方奎，「這種天方夜譚不須討論，先想想看接下來怎麼做比較實際吧。」

「守株待兔的可行性不大，起碼不是在我們衣物都沒準備的情況下。」方奎推推眼鏡，和川芎在石像邊走動，「冬天的山上可是冷得不得了呢。」

「這種事用不著你說我也知道。」川芎眉頭越皺越緊，他正想著要不要叫相菰設法聯繫藍采和時，鞋尖前忽然滾來一個小東西。

那是一個瓶蓋。川芎頓住腳步，反射性抬頭往前看去。

一名揹著包包、戴著帽子，模樣一看就是登山客的年輕人，站在通往更上方的山路上。他手裡抓著一瓶沒有蓋子的礦泉水，臉上的表情混著尷尬和不知所措。

很顯然地，這名年輕人想要喝水，卻不小心讓瓶蓋滾下來，偏偏還滾到川芎的鞋尖前——後者不笑時的臉孔，十之八九已被誤認是在不高興。

川芎彎腰撿起瓶蓋，主動靠近那名年輕人，「我想這是你掉的。」

「謝、謝謝，眞的很感謝你。」似乎沒想到川芎會幫忙，年輕人結巴地道謝。他伸出手，不是接過瓶蓋，而是——

一把抓住川芎的手。

「眞的非常感謝你。」年輕人露出笑容，又說了一次，他的眼珠從黑變綠。

當川芎驚覺到這點時已經來不及了。那名年輕人的手勁不只大得讓他無法掙脫，同時身邊還平空冒出綠色的氣流。

「感謝你的自投羅網！」年輕人大笑，礦泉水掉落在地，因爲他的一隻手臂變成了布滿翠綠羽毛的翅膀。

「川芎大哥！」方奎離川芎最近，瞧見年輕人的手臂竟變成翅膀，想也不想地立即撲上前。

同時間，那隻翠綠翅膀已大力搧動，綠色氣流瞬間轉爲漩渦狀。山林間狂風橫掃，吹得整片森林都在發出劇烈的沙沙聲響。

「川芎大人！」

「該死的，林川芎！」

相菰和椒炎慢了一步，當他們察覺情況有異，想迅速衝上前時，猛烈的狂風已經撲來，逼得他們幾乎睜不開眼。

整座常山簡直就像在發出呼嘯。

等到風勢驟停，落入椒炎他們眼中的卻是空無一人的景象。

川芎、方奎，還有那名年輕人全都不見蹤影，地面上，只留下幾根翠綠色的羽毛。

相菰倒抽一口冷氣，小臉刷白；椒炎捏緊拳頭，眉眼迸射出凌厲。

就在他們的面前，他們竟然把要保護的人搞丟了！

「相菰！」椒炎厲喝一聲，招呼同伴就要追出。然而他們倆還沒行動，另一處卻已白光乍現。

那是張果原本坐的位置。

相菰和椒炎下意識地轉過頭去，他們忍不住屏住氣息。在熾亮的白光之中，有一股恐怖的威壓迎面而來，那甚至令他們難以呼吸。

當白光散逸，白髮白瞳的高大男人出現在椒炎他們面前，那雙銀白眼瞳是絕對的冷酷，還有憤怒。

相菰極力忍住顫意，他想起藍采和私下囑咐過的話——

「要是果果解除乙殼的話，不論他做了什麼，你們都不准出手。他是眞的會宰了膽敢阻撓他的傢伙。」

柒 方奎的提議

方奎不太記得他抓住川芎後的事，他只記得自己似乎不停在尖叫。就算這樣的行爲很丟臉，他還是無法不這麼做，因爲……該死的他怕高啊！爲什麼他們一定得被抓著在天空飛——

方奎又瞥見底下的細小景物，他忍不住閉上眼，再次發出慘叫。

或許是方奎的慘叫眞的太淒厲也太刺耳，就連抓著他們的年輕人也受不了，下一剎那，方奎發覺腳下傳來了腳踏實地的感覺，而不是踩不著物的懸空感。

方奎有些不敢相信，趕緊睜開一隻眼，再睜開另一隻眼，他眞的站在地上了。

緊接著，方奎發現自己一直抓住的那人卻像是被抽光力氣，猛然跌坐在地。

「川芎大哥！」方奎嚇了一大跳，他慌張地蹲下身子，想檢查身旁男人是否有受到傷害，對方發白的臉色更令他一顆心提至嗓子眼，「川芎大哥，你怎麼了？你還好嗎？」

「……一點也不好。」川芎咬牙切齒地擠出字，「方奎，你是想把我耳朵震聾嗎？我的耳朵跟你有什麼深仇大恨嗎？啊？」

老實說，川芎雖然還搞不懂自己爲什麼會被當成目標抓走，但目前爲止，也就是被人抓著飛了一段距離，壓根沒遭受實質上的暴力對待。唯一讓他覺得像虐待的，就是方奎那一連串的驚聲尖叫。

川芎的耳朵到現在還有嗡嗡作響的錯覺。

「我得贊同他的話，我第一次知道人類的尖叫可以這麼可怕，萬一你震壞了我的耳朵怎麼辦？」另一人也抱怨道，正是挾持川芎和方奎的年輕人。

他的帽子不知道掉到什麼地方，背後的背包也消失，外表看起來就只是一名普通的年輕男性，只不過右臂卻是一隻覆著翠綠羽毛的翅膀——那是他絕非人類的證據。

「哎呀……」沒想到竟連遭兩人控訴，方奎尷尬地刮刮臉頰，誰教他就是怕高，尖叫也不是他願意的。

但很快地，方奎醒悟過來，現在可不是什麼尷尬的時候，他們可是被抓了！好吧，正確的說法是川芎大哥被抓，他硬扒著跟了過來。

方奎扶正被強風吹得有些歪的眼鏡，他打量周遭環境，冷靜是身爲肉票必須要遵守的第一準則。

從高聳的林木來看，他們顯然還在山裡，只是不知道是不是原本的常山。

接著，方奎的目光對上前方的綁匪。他眼神犀利，忽然一個箭步靠近那名綠眼珠的年輕人，兩手迅雷不及掩耳地握住對方的翅膀。

「初次見面，你好，你應該就是八薇鎮的守護獸吧？還是說不是？啊，就算不是也沒關係的，你可以向我坦承你是從遙遠外太空來的。請問你是什麼星的住民？翅膀星？鳥人星？

阿拉索不達米亞星？」

「什……」年輕人被方奎突來的熱切舉動弄得目瞪口呆，他張著嘴，半晌後終於想起要反駁，「誰知道你在說什麼，不要莫名其妙地設定別人身分！我可是堂堂八薇鎮的守護獸，行不改名、坐不改姓……」

「英歌？」川芎忽然開口。

年輕人呆了一下，幾秒過後他甩開方奎抓著自己的手，大感吃驚地用翅膀指著川芎，「你……你怎麼會知道我的名字！」

「嘿，所以你是英歌星人嗎？」方奎饒富興趣地再問。

「人家都說那是他名字了，別將他當成外星人。」川芎一把抓回方奎，「看看他的衣角。」

方奎聞言望去，年輕人的上衣角落處，赫然繡著歪歪斜斜的兩個字。

方奎研究半天，才總算認出第一個字是「英」，第二個字是「歌」。

「呃，我得說這字實在有點……」方奎想委婉地表達意見，他甚至覺得用「鬼畫符」三字來形容都不爲過。卻沒想到話還沒說完，那名叫作英歌的年輕人已滿臉喜悅，獻寶般地秀出衣角。

「這字很棒吧？這可是我心愛的娘子幫我繡上的！」英歌得意地說，比自己被誇獎還開心。

見狀，方奎也只能嚥下未完的話，總不好意思打擊人家嘛。

「我不管你那字是誰繡的。」川芎卻是不客氣地打斷對方的得意，「我只想弄明白一件事，你抓我們來到底是想做什麼？」

「抓你們？不不不，我本來只打算抓你而已，誰知道那個尖叫聲有夠吵的眼鏡仔硬要跟來。」英歌斂起笑容，似乎對計畫被打亂很不滿意。他上前一步，朝川芎方向嗅嗅。

川芎下意識退了一步，眼裡滿是謹慎。

英歌忽又轉向方奎的方向。

這下子換方奎忍不住退了一步，他覺得對方的舉動簡直就像是在判斷食物新不新鮮。

川芎顯然也有同感，他暗暗丟了一記眼神給方奎，要對方隨時注意。

似乎沒發覺兩名人類的小動作，英歌若有所思地摸摸下巴，像在思考什麼。很快地，他重新露出笑臉。

一個看在川芎他們眼裡，有點不懷好意的笑臉。

「雖然比較淡，不過眼鏡仔你身上也有寶物的味道哪。」英歌笑咪咪地說，眼珠越來越綠，宛若整座山都凝聚在裡面。

寶物？川芎和方奎一驚，他們知道英歌說的寶物是指年的幼獸，但這跟他們有什麼關係？還有什麼味道……

等一下，該不會是那樣吧？川芎剎那間想通關鍵，他臉色變得鐵青。他們昨晚都有摸過那隻小灰貓，還跟牠在客廳待了整晚……

川芎眞的想罵髒話了，因爲這種原因被當肉票綁架實在太愚蠢！

「你給我看清楚一點！我們哪裡像你昨天追的東西了？」川芎沉聲罵道，一雙眼睛又黑又凶，若是一般人，想必早已被威嚇住。

然而英歌不是人類，這名綠眼睛的年輕人只越發咧開笑容，「這種事不重要啦，反正我們鳥類都是夜盲……只要氣味對就可以了！」

凶猛的厲嘯從年輕人喉中迸出，如同要撼動整座山。他的左臂也變成翅膀，兩隻翅膀猛一拍動，立刻迅速地撲向鎖定的獵物。

一直留心英歌舉動的川芎和方奎瞬間做出反應，他們各朝一邊閃避。

「快跑！」川芎對方奎大吼。

方奎不敢遲疑，他用最快速度與川芎衝向樹林深處。

男人和少年使盡全力在林中狂奔，誰也無暇回頭看後方情況，就怕這個小動作，會拖延逃亡時間。

好幾次方奎差點因絆到樹根而腳下踩滑，幸虧川芎眼明手快地一把抓住他。

雖說是坐在電腦前打稿的小說家，但川芎的體力和反射神經稱得上不錯，光憑這兩點，就足以成爲極大的助力。

「川芎大哥，等一下！」方奎瞄到了什麼，他突然大叫，用力地拉住川芎。

川芎煞住腳步，順著方奎所指方向一看，赫然望見一處山洞，洞口還結著碩大的蜘蛛網，銀絲在日光下微微發亮。

川芎不知道方奎是要他看山洞還是蜘蛛網。

「我們躲進去，不要弄破蜘蛛網。」方奎解釋，「我在書上看過一個故事，以前有對兄妹爲了躲避山賊，就是靠這方法逃過一劫的。川芎大哥，我們得想辦法撐到相菰他們找來。」

川芎同意，雖然他總覺得好像漏了某件重要的事，然而眼下的辦法聽起來確實保險。

「你先進去，動作快點！」川芎催促著方奎，自己不時觀察四周動靜。

等方奎小心翼翼地從蛛網下的縫隙爬進洞裡，川芎也模仿他的動作，費了一番力終於成功進入山洞。

山洞中有些陰暗，但不至於什麼都看不見。

發現往裡面走還有空間，川芎與方奎謹慎地往洞內走去，將他們的身影藏在突出的岩壁之後，兩人屏著氣，等待時間經過。

倏然間，山洞外傳來異響，原本空無一人的地上平空冒出一個綠色漩渦，隨後顯露一名年輕男子的身影，手臂位置的兩隻翠綠翅膀看得人膽顫心驚。

英歌追上來了！

川芎和方奎連忙縮起身子，深怕自己被對方發現。

英歌站在山洞外東張西望，明顯在搜尋川芎二人的身影。他自然也注意到了那個適合躲藏的山洞，不過他的目光隨即又落在洞口那張完好無損的蜘蛛網。

「會躲在裡面嗎？」英歌喃喃自語的聲音清晰地傳進山洞。

川芎和方奎的心臟幾乎要提到喉嚨處。

「不。」下一秒，英歌否定的聲音又傳來，「蜘蛛網沒破，顯然他們沒跑進去，是躲到別的地方了。」

乍聞此言，川芎和方奎簡直想重重地吐出一口氣。看樣子，這方法果然成功矇騙了對方。他們接著又聽見翅膀拍動的聲音，可他們不敢貿然出去。

再靜候一段時間，確定山洞外再無其他異響，川芎率先探頭，映入眼中的確實空無一人。他放鬆了一直緊繃的肩膀，朝方奎招手，示意對方可以離開山洞。

這地方雖然適合躲藏，但找不到人的英歌說不定會忽然心血來潮地折返回來。

方奎跟著川芎來到洞口，正當他們猶豫是要按照原來的方法出去，還是撥開蜘蛛網的時候，山洞外驀然狂風大作。

強勁的風壓朝洞內襲來，川芎和方奎忍不住抬手遮住臉，甚至還被迫退了好幾步。

狂風吹了一會兒後驟歇，山洞外卻已不再空無一人。

長有兩隻翠綠翅膀的年輕人就站在外面，笑容可掬，綠色浸染雙眼，找不到一絲漆黑。

「笨蛋，我怎麼可能不知道你們藏在這？剛剛那些話是用來騙你們的。」英歌咧嘴嘲笑，他一步步地走進山洞裡。

川芎和方奎只能一步步往洞裡退。

「居然失敗了……故事主角明明躲得很成功啊……」方奎懊惱地拍下腦袋，他本來對這計畫還算有自信。

「前提是追他們的人是山賊。」川芎皺眉說，他終於想起自己遺忘了什麼。

沒錯，方奎的辦法好，問題出在追他們的人不是山賊，而是一隻靠氣味追蹤人的鳥妖！

「呼呼呼，你們可以決定誰要先讓我吃了。」英歌一邊走，兩隻翅膀的羽毛一邊掉。隨著羽毛散落，他的臂膀處又重現人類的手臂。

英歌抬起一隻手，周圍出現綠色氣流。在他彈指之下，那束氣流飛向洞口處，像一襲紗幕遮擋住整個缺口。

「現在可沒人能夠打擾我們了。」英歌停步，唇角的笑容就像是肉食性生物般猙獰。

「是啊，沒人能打擾我們。」川芎不畏反笑，笑中有不輸英歌的凶狠。既然無路可逃，他也不願坐以待斃。

川芎捏緊拳頭，他的人生還有很多計畫——

「但是成爲一隻鳥的養分絕不在老子的計畫內！」川芎卯足了全力，迅雷不及掩耳地對英歌的臉面重重揮出拳。

英歌沒有閃避，也沒有做出任何防禦，他就只是站在原地。

然後川芎的拳頭硬生生地停了下來，整隻手臂的肌肉都在緊繃，他的臉孔有瞬間扭曲，像是被兩股力量撕扯著身體。

揮拳？不揮拳？

這下子動彈不得的人換成川芎了。

方奎並不曉得發生什麼事，他看見林家長男衝上前去，然而拳頭卻僵在半空中，遲遲沒有落下。

方奎朝旁探出頭，沒了川芎背影的遮掩，他清楚地看見……

「薔……薔蜜姊！」方奎不敢相信地倒抽一口氣，鏡片後的眸子愕然大睜。

川芎面前的英歌不知何時變了外貌，長直髮、細框眼鏡，還有那張知性的美麗面龐。

不論怎麼看，分明都是屬於薔蜜的外貌！

基於被催稿的心靈創傷，基於青梅竹馬的情誼，基於諸多原因，川芎的那一拳，無論如何都沒辦法對著那張和薔蜜一樣的臉揮下去。

「該死的……該死的！」川芎恨恨地咒罵一聲，他想後退一步，但擁有薔蜜長相的英歌卻伸出手，掌心正對著他。

一股無形氣流剎那間襲向川芎，將他吹得往後飛退。

「川芎大哥！」方奎緊張地擋在川芎背後，以全身力量幫忙阻止那股力道，最後兩個人重心不穩地跌成一團。

方奎的腦袋還撞上硬邦邦的岩壁，疼得他眼淚險些流出來。甩去暈眩感，方奎抬起頭，他的嘴巴再一次張成O字形。這一次，映入眼中的不是薔蜜，而是另一抹纖細的少女身影。

微鬈的短髮，還有宛如棉花糖甜美的臉蛋……方奎忍不住想呻吟出聲了。

「曉愁……太過分了，變成別人的女朋友是犯法啊！」他氣急敗壞地喊出聲，同時還得想辦法架住想要重新站起的川芎，「慢、慢著！川芎大哥，拜託你別出手！我沒辦法忍受曉愁的臉被揍……那是我女朋友的臉啊！」

「這可真是太有趣了！」變成余曉愁外貌的英歌被逗得樂不可支，他充滿壓迫地再往前走。他的能力除了操縱風之外，還能看見他人腦海裡的面孔，進而變成那人的外貌。他決定再變一次，他選中了黑髮男人記憶中的某張臉。

川芎和方奎忽然停下動作，他們怔怔地望著英歌。

英歌的臉現在已經不再是少女，而是變成一名男子，頭髮亂翹，睡眼惺忪。

「……誰？」方奎是真的不認識那名男人。

不過川芎卻是記得清清楚楚，他怎麼可能不認得那張臉？假使薔蜜在場，也一定認得。因為那張臉，分明就是流浪者基地的另一名編輯，林葷！

英歌注意到川芎吃驚的反應，雖然不知道自己變的人是誰，但看樣子應該是對方重要的朋友。

英歌暗自竊喜，即使看見川芎又握起拳頭，他也相當有自信地不打算躲閃。那名人類不可能眞的揮拳，不可能眞的……

砰！

山洞內忽然響起沉悶的聲響，英歌被一記強而有力的拳頭擊倒在地，臉頰迅速高腫。

英歌像是沒辦法接受事實，他摀著臉，一時間忘記疼痛，只能呆傻地瞪著對自己揮拳的人類。

「怎……」英歌先是喃喃地吐出一個字，接著他震驚地拔高嗓音，「怎麼可能？這個人不是你重要的朋友嗎？爲什麼你對他動手！」

「我和林輩交情是不錯，但是……」一拳揍倒人的川芎甩甩發疼的手，居高臨下地睨望英歌，「他這個月欠了我一千元沒還。而且管他是誰，十歲以上的男性生物統統都可能是拐騙我家莓花的敵人，我揍不下去才有鬼！」

英歌摀著臉，張口結舌。他千算萬算，就是沒想到對方竟是戀妹情結超嚴重的男人。

同樣聽見這番發言的方奎鬆了口氣，心裡慶幸英歌沒變成他的模樣，他一點也不想看自己的臉被揍。

「居然……」英歌眼裡浮上霧氣，很快變成了淚珠，他像個小孩般吸吸鼻子，「不行，要忍耐……我不能哭……我不能哭……」

川芎心生警覺，他直覺有事情要發生。顧不得注意英歌的情況，他扯住方奎的手，三步併作兩步地就往洞外衝。

「不能哭、不能哭……我不可以隨便就哭的！」英歌昂起頭，眼中的濃綠像要滴墜出來，他大張的嘴巴湧出高亢的叫喊，響徹山洞。同時他背後傳來衣物撕裂的聲音，有什麼掙脫束縛地伸展出來。

英歌的尖叫高亢尖銳，像錐子般刺痛川芎他們的耳朵。川芎和方奎忍不住捂住耳，臉上流露痛苦神色。

英歌的尖叫還在繼續，且越來越尖，已完全超出人類能承受的範圍。

彷彿有根繃到極限的弦斷裂，川芎和方奎的意識被切斷，他們閉上眼皮，身體倒地。

英歌把最後一滴力氣宣洩出去後才閉上嘴，他激動地喘著氣，凝聚在眼裡的淚珠滴了下來，滑落臉頰。

感覺到臉上傳來濕意，英歌如同受到驚嚇地跳起，慌張地用手背抹去眼淚。

「不行，我不能哭，成熟的男人是不掉眼淚的……娘子也一定喜歡我成熟一點。」確定臉上不再有濕意，英歌大力眨動幾下眼睛，逼退剩下的水氣。他轉頭盯住川芎和方奎，背上剛掙脫出來的翠綠翅膀拍拂一下。

英歌臉上浮現開心的表情。

「要趕快吃掉寶物，這樣就能變得越發成熟，娘子就會更愛我了！」想到這裡，英歌迫不及待，他喜孜孜地靠近兩名人類，指甲越變越長，形成倒勾的勾爪，嘴裡的牙齒也變得尖細。

加上背後的一對翅膀，此刻的英歌，模樣看上去恐怖嚇人。

只是就在英歌蹲下身、伸手打算探向川芎的瞬間，他布在洞口的綠色氣流竟無預警崩解。與此同時，一藍一紅的兩束影子迅疾自外衝進。

英歌本能感到危險，立刻放棄原來的行動，背後雙翅一拍，身體飛快退離。

紅與藍的影子落到川芎他們之前，直到這時，英歌才看清那赫然是火焰和水流。

撞上地面的火焰和水流頓時散逸，然而英歌卻不敢鬆懈。

「是誰！」英歌朝洞口厲喝，他右掌微攏，綠色氣流在掌中旋轉，身體兩側則浮立了多根翠綠色羽毛。

山洞外又竄進兩抹影子，這次是人形。他們落足在川芎與方奎之前，姿態如同保護者。

那是一名紅髮紅瞳的少年和一名黑髮紫眸的男孩。

少年手臂上附著緋紅烈焰，男孩身前環繞水塑成的鍵盤。由此可見，方才的兩波攻擊便是由他們使出的。

「你們究竟是誰？」英歌的語氣滿是敵意，他的兩隻手臂覆上羽毛，變成了翅膀，「不管你們是誰，都不許跟我搶寶物！」

英歌背上翅膀大力拍擊，所有浮在半空的羽毛登時如刀刃疾射出去。他的雙臂翅膀也猛力一拍，綠色氣流似大浪拍湧而出。

可是，令人意想不到的事情發生了。

不只令人意想不到，甚至還忍不住顫慄、悚然。

英歌覺得自己一定是在作夢，否則他的攻擊怎麼可能在發動的下一瞬間就停了下來？不管是氣流或羽毛，它們全都靜止在半空中，彷彿周遭時間凝固。

英歌極力壓住爬上心頭的恐懼，試著再揮動背後的翅膀。

一團純粹白光乍現英歌面前。

英歌連反應的機會也沒有，在他反射性閉眼的同時，脖子已傳來恐怖的壓迫感。

一隻手掐住了他的脖子。

英歌戰戰兢兢地睜開眼，他的喉嚨發出不成調的悲鳴，眼裡浮上恐懼，他看見一雙恐怖的眼睛。

沒有任何溫度的銀白色瞳孔，簡直就像造物主在俯望一隻螻蟻。

抓住英歌的脖子，輕而易舉拎起他整個人的，是一名高大的白髮男人，眼角下有一道獠牙般的白色花紋。

即便不知對方身分來歷，英歌卻能肯定一件事——他們倆的實力有若天壤之別！

那名白髮男人甚至不用做什麼，就已展現出壓倒性的氣勢。

解除乙殼、回復眞身的張果淡淡地看了那些停在空中的羽毛和氣流一眼，視線一掃，氣流登時消失無蹤，所有羽毛紛紛飄落在地。

英歌或許不知道張果做了什麼，但一旁的椒炎和相菰卻很清楚，張果使用了「鎮靜」的力量。

他們看見比他們高階的白髮仙人伸出另一隻手，置放在英歌背後的一隻翅膀上。他們看見他手指施勁，白皙的面孔上沒有漠然以外的表情。

英歌發出尖叫，那五根手指竟是想生生地撕扯下他的翅膀。

「張大人！」相菰按捺不住，心急地驚叫出聲。他看得出張果想做什麼，然而他也知道自己的主人一定不希望這種事發生，那畢竟是八薇鎮的守護獸，「張大人，請……」

「你是想找死嗎？」椒炎一把扯住想奔上前的相菰，「你忘記藍采和是怎麼交代的？」

「但、但是，小藍主人一定也不會希望……」相菰急得眼淚快掉下來。

「那就用別的辦法。」椒炎張開手指，掌心出現一小團粉紅色霧氣。

緊接著，粉紅霧氣迅速飛向躺在地上的兩人，拂過了川芎和方奎鼻端。

兩聲噴嚏乍然響起。

原本昏過去的人被刺鼻辣味刺激得醒了過來，他們彈坐起來，揉著鼻子，又各自打了個大大的噴嚏。

「哈啾！」

「哈……哈啾！」

幾乎是在第一聲噴嚏聲響起時，張果就變回了乙殼姿態，瞬間從高大的男人變為矮小的男孩。

等川芎和方奎有餘力查看四周情況，映入兩人眼中的已是椒炎、相菰、倒在地上的英歌，以及乙殼模樣的張果。

川芎看看似乎快昏過去的英歌，再看看不知何時趕來的三位己方成員。

「看起來有點粗暴，所以……是誰幹的？」川芎指著英歌。

張果舉起手，毫不猶豫地指向椒炎和相菰，「他們。」

椒炎和相菰表情僵住，卻不敢張口反駁，只得任憑「粗暴」兩字落在他們身上。

至於英歌，在聽見那道清冷的嗓音說出天大的謊言後，瞬間被激得一口氣岔了過去，當場暈死。

「你們幹的？該不會是被藍采和那小子傳染了暴力……」川芎狐疑地打量相菰和椒炎幾眼，卻也不是真的在意這個問題。

發現方奎大膽地靠近英歌，川芎也靠了過去，眉毛不贊同地緊緊皺起。

「方奎，你這麼做未免也……」林家長男沒把話說完就閉上嘴。他站在方奎身後，即使看不見對方的臉，也可以猜得出對方現在的表情，一定與自己差不多，錯愕、吃驚。

昏迷在地面的男子正逐漸改變身形——身高縮水，臉孔也從成熟變為清秀。

最後，變成了一名頭髮鬈曲、有著白嫩包子臉的小男孩。
八薇鎮的守護獸變回原來的模樣。

捌 余曉愁的救援行動

當川芎他們前往常山查探鶯哥的情況時，藍采和一行人則是抵達了晶湖，準備確認鯉魚的蹤跡。

雖說因為快過年，八薇鎮少了遊客的人潮，但晶湖就座落於鎮上，同時也是鎮民常去走逛之地，所以這座美麗的湖泊附近還有不少人。

而在藍采和等人抵達後，大部分視線皆忍不住落到他們身上。

或者更正確一點的說法，是落到薔蜜、何瓊和余曉愁身上。

三名風格各異但同樣美麗的女性，吸引了不少男性的注目。有些人甚至忍不住想上前搭訕，只不過看到三名女性身旁還有一名戴帽子的黑髮男人時，欲跨出的腳步頓時收了回去。

那名男人戴著棒球帽，壓低的帽簷遮住半張臉，可從身周散發出的凶戾之氣卻教人退避三舍。

這名男人其實不是真正的人類，他是藍采和自籃中界召喚出來的植物，其名為鬼針，個性雖然陰狠冷戾，但卻具備極為強大的力量。藍采和就是看中這一點，才特地召他出來，負責留意他們所有人的安危。

即使藍采和自己與何瓊是仙人，然而若沒有解除乙殼，他們同一般人無異，無法事先感應到不對勁之處。

爲了徹底保護好隊伍中的兩名人類，薔蜜和莓花，藍采和說什麼都不願冒險。

幾乎不用特意尋找，藍采和他們一眼就發現了想尋找的目標——鯉魚的雕像。

那尊用石頭雕塑而成的石像就立於靠近湖心之處，有一座小橋將它與湖畔連接起來，可供人通行。

沒多加猶豫，藍采和等人馬上走向那座小橋。

原本遠看只覺那鯉魚石像龐大，隨著距離拉近，才發現那尊石像雕得栩栩如生，宛若下一秒眞的會一甩魚尾，竄躍而起。

「好大的魚魚……」莓花仰起頭，小臉上滿是驚歎之色。她才剛說完沒多久，背後的小熊背包突然一陣騷動，接著一顆灰色小腦袋冒出來，尖尖的耳朵還抖了一下。

那是一隻灰色的小貓。

「那有什麼了不起的？年年。」小灰貓一張嘴，吐出的竟非貓叫聲，而是人聲，「我長大後一定能……哇！」

小灰貓發出慘叫，牠的腦袋被一隻伸來的小手粗暴地壓回小熊背包裡。

「誰管你長大後怎樣啊。」外貌變得稚幼，但力氣一點也沒減少的藍采和露出甜甜的笑，墨黑眸子裡卻有不符合笑意的危險光芒，「你就那麼想被人發現，然後抓去解剖嗎？」

小熊背包裡傳來一聲可憐兮兮的嗚叫聲。

「沒錯！你應該要學學俺，走低調樸實的路線！」這一次，聲音是從藍采和身後背包中響起，有什麼東西從裡面蹦了出來。

阿蘿得意地一撥蘿蔔葉，張開兩隻小短手，向小灰貓宣揚如何才是完美的低調，絲毫沒注意到藍采和眼中的危險光芒已升級為猙獰。

下一刹那，藍采和滿臉笑容地扯下自己的背包，然後——快狠準地將包包連同人面蘿蔔一起踩在鞋底。

「夥、夥伴，這個力道……唔喔！噗！」阿蘿抽搐幾下，隨後生生地被踩暈過去。

藍采和神清氣爽地吐出一口氣，重新揹起包包。

這一切發生之際，湖心處正好沒有其他人，所以誰也沒看見這令人驚異的景象。

「好了，藍小弟，別玩了。」薔蜜拍下手，拉回藍采和的注意，「我們已經到這了，具體來說，接下來我們該怎麼做？」

「接下來嘛……」藍采和沉吟一聲。

「接下來當然是先確認囉。」何瓊笑笑地接話，「曉愁，可以麻煩妳嗎？」

被點到名的余曉愁點點頭，她走近正中央的鯉魚石像，細白手指貼觸上去，漆黑的瞳孔瞬間閃過金燦。

過了一會兒，余曉愁抽回手，蹙起眉，「有妖氣殘留，但本體已經不在。」

「鬼針。」藍采和輕喊一聲。

聽見藍采和的叫喚，原本抱胸站在一旁的男人有所行動。他同樣伸出手，蒼白的手指碰觸上冰涼的石像。

「空了。」鬼針淡淡地說，「裡面什麼也沒有，除非你想要守株待兔，但能不能待到又是另一回事了。」

藍采和在來到晶湖前，的確有考慮過假使目標不在，是不是要留守原地？不過抵達晶湖後他發現這實在不是個好辦法。

姑且不論沒有適合藏身的位置，晶湖人潮不少，容易受到注目。

「或者，我們改晚上來？」何瓊提出另一個辦法，「那時候沒什麼人，行動起來也比較方便。小藍，你可以跟我一起來這看情況。」

「記得算上我。」余曉愁說，「我也是水族，要是真打起來，我應該可以……嗯？那是什麼？」

余曉愁話才說到一半，似是發現了什麼，瞇起一雙美眸，眺望湖面的某個方向。

正當藍采和也想順勢望過去，他感覺到自己的手指被人拉了一下。

「小藍葛格，你看那邊。」莓花一手抓著藍采和，一手指向晶湖的另一個方向。

藍采和反射性地先看向莓花指的方向，映入眼中的是湖面在翻滾，宛若沸騰般咕嚕冒泡的景象。

藍采和一愣，連忙望向余曉愁注意的方向，一樣的情況。

明明沒有風吹過，晶湖湖面有兩處位置同時起了騷動。

「我去看個究竟。」余曉愁眼眸瞬間染成金黃，手指一揮舞，湖心平台及連接岸上的小橋，登時瀰漫薄淡的霧氣。

隱隱可聽見岸上的人們發出驚疑之聲，似乎在訝異這種好天氣怎會無緣無故起霧？這股霧氣雖然薄淡，卻帶有余曉愁的幻術之力，能迷惑常人耳目，使之看不清湖心中央發生何事。

待施下防護屏障後，余曉愁立刻躍至晶湖。她雙足沾著水面卻不曾下沉，迅速地朝其中一處騷動飛去。

藍采和轉頭看向鬼針。

黑髮白膚的男人卻扯出冷笑，「不去。我憑什麼要扔你在這裡，自己去看是誰在那裝神弄鬼？」

「鬼針，就拜託你去嘛。我跟小瓊要是解除乙殼，可能反而會驚走對方。」藍采和軟聲央求。見自己的植物還是一臉「憑什麼你說我就得幹」的嘲諷表情，他想了想，瞥了眼身旁的林家么女，決定模仿她平時央求林家長男時的模樣。

於是藍采和雙手交握，仰起稚氣的小臉，墨黑的大眼睛無辜地眨了眨。

何瓊彷彿嗅到某種預感，飛快地捂住莓花的耳朵。

「鬼針。」藍采和說，「你他媽的是去還是不去？老子現在可不是在求你，反正我也可以找茉薇出來。」

「你敢叫那女人出來？那女人難道會比我有用嗎？」鬼針摘下帽子，狹長的黑瞳閃動傲慢，「藍采和，你給我乖乖地待在這裡看。」

話聲剛落，鬼針就化成一束黑影，迅速掠向晶湖另一處。

「藍小弟，其實你沒打算叫茉薇吧？」薔蜜輕推了下鏡架，似笑非笑地說。

「唔，我是沒打算叫，我根本就沒帶籃子在身上。」藍采和聳聳肩膀，「不過這招挺好用的，起碼鬼針肯做事了。」

「鬼針回來會找你算帳的。」何瓊放下捂在莓花耳朵上的手。

「還怕他嗎？」藍采和揚起眉毛，「反正再怎樣，沒有什麼比景休生氣更可怕了……噢，要命，我不該想起這事的。」

一說起監護人，藍采和臉上的笑容頓時垮了下來。他垂頭喪氣地將臉埋進掌心裡，記起自己曾對對方做了什麼，他甚至不敢想像回去會遭受怎樣的懲罰。

「小藍葛格，不舒服嗎？頭暈嗎？」莓花緊張地盯著藍采和，小手不住拍撫他的後背。

「藍小弟對曹先生做了什麼嗎？」薔蜜並不知道藍采和他們離開豐陽市前發生了什麼，向何瓊投予詢問的眼神。

「小藍因誤吃阿湘做的東西打電話去找人算帳，結果……」何瓊語氣滲入一絲同情，「電話剛好是阿景接的……阿湘他們到他工作的地方買東西。」

「哇喔……」薔蜜幾乎可以想像當時的畫面了，她甚至猜得出，藍采和一定是罵出了大段精彩絕倫的……嗯，兒童不宜的話。

於是就連薔蜜也開始對藍采和投以同情的目光。

「小藍，總之事情做都做了，你就拿出男子氣概，面對阿景的懲罰吧。」何瓊摸摸藍采和的頭，接著走到欄杆邊觀看湖上風景。

藍采和完全沒有被安慰到，只更加地垂頭喪氣。這可不是什麼拿不拿得出男子氣概的問題了呀……

膚色蒼白的黑髮小男孩如同遭到巨大打擊，在原地蹲了下來。

莓花也跟著蹲下，大大的眼睛裡滿是擔心。

突然，莓花發現正前方，也就是小橋方向，有什麼從霧氣裡滾了出來。是一個圓圓紅紅的東西，那是一顆蘋果。

「咦？」莓花不禁訝異地抬起頭，看見霧裡接著急匆匆跑出一抹嬌小人影。

「對、對不起，請問你們有看到……啊，在這裡！」面貌清秀的女子一看見蘋果，馬上露出欣喜，她提著裝滿蘋果的籃子，三步併作兩步地跑上前。

聽見身前出現陌生的女聲，藍采和暫時忘了沮喪，也抬起頭。

「大姊姊，這是妳掉的嗎？」莓花幫忙撿起蘋果，細聲細氣地問道。

一開始，誰也沒有察覺有哪裡不對勁。

何瓊依舊站在欄杆旁，研究湖面上是否還有其他蛛絲馬跡；薔蜜繼續端詳栩栩如生的鯉魚石像，只分散部分注意力到藍采和與莓花身上。

然而就在下一剎那，何瓊與薔蜜身體一僵，她們同時想到一件事——

在余曉愁布下防護的平台上，為何有人能輕易穿過霧氣？

「小藍！」

「莓花！」

何瓊和薔蜜立即驚喊。

可是，來不及了。

女子已伸出手，卻不是接過蘋果，而是猛地抓住莓花的手，另一手則纏上藍采和的手。

「發現得太慢了。」女子露齒微笑，眼眸剎那間渲染成藍色，藍得像整座湖凝聚其中。

藍采和與莓花感覺被女子抓住的部位傳來一陣痲痺感，隨後他們便失去了意識。

兩名孩子合上眼，身體軟軟地癱下來。

「吾之名為何瓊，現在要求解除乙殼封印！應許・承認！」何瓊不敢遲疑，馬上取出乙太之卡，形如國民身分證的卡片上泛過七彩流光。

但是，就在何瓊即將吐出最後四字之際，她的身後驀然傳出嘩啦水聲。

綁著雙馬尾的少女還來不及回頭，欄杆下瞬間竄騰起巨大水花，眨眼吞噬她的身影，將她捲了下去。

「小瓊！」薔蜜大駭，她下意識想衝向欄杆，可又想起還有莓花他們。

最後薔蜜一咬牙，改往女子方向奔去，在對方抱起藍采和與莓花、身旁捲起水流時，使盡全力地撲上去，讓自己也被水流包捲。

不過剎那間，湖心處的平台上竟然一個人也沒有了，只餘薄淡霧氣繚繞。

等到余曉愁和鬼針驚覺不對，飛快趕回，已徹底晚了一步。

重要的人，應該保護的人，全都消失蹤影。

「該死的！」余曉愁俏臉帶煞，一頭鬈髮還原成海藍色澤，腳下平空湧動水流。但隨即，她感覺身旁傳來一股戾氣。

余曉愁轉過頭，忍不住倒吸一口氣。

鬼針臉上沒有太多表情，但那雙深黑眼瞳底處卻翻騰著讓人無法靠近的暴怒。

「我下去找他們。」不假思索，余曉愁這麼對鬼針說。

「藍采和我自己會找。」鬼針冰冷地回了這句，就只有這麼一句。轉瞬間，他的身影崩解成黑氣，奔湧進晶湖裡。

見狀，余曉愁也毫不猶豫，緊追在後地一躍而下。

無論如何，她都得比鬼針早一步找到藍采和他們才行。

余曉愁很清楚，如果讓鬼針先找到的話，那麼——

那名男人眞的會殺了八薇鎭的守護獸！

「……藍小弟，藍小弟，你聽得到我的聲音嗎？」

隱隱約約地，藍采和覺得耳邊好像有誰在喊他，但是他的眼皮好沉重，不想睜開眼。

「藍小弟。」卻沒想到那道聲音不放棄，執拗地喊了好幾次，然後聲音忽然停下來。沉默數秒後，又重新開口，「曹先生來找你了，藍小弟。」

藍采和瞬間一個激靈，猛然睜開眼睛，揹著背包的身體同時跟著彈起。

「景休對不起！我眞的不是故意要……啊咧？」望見四周並沒有那道挺拔高大的身影，藍采和的哀叫聲頓時轉成疑惑。他眨眨眼睛，再眨眨眼睛，確定面前的人是薔蜜而不是曹景休。

「薔蜜姊？」藍采和下意識喊了對方的名字，隨即腦內迷霧散去，許多色彩與畫面一口氣湧了進來。

藍采和抱住小腦袋，他的頭有些發疼，可他回想起所有事情了。他們待在湖心，有一名女子從霧裡走出，她遺落的蘋果滾到他們鞋尖前……然後，女子雙眼變成藍色……然後……

「莓花！」藍采和大叫一聲，心急地想找尋林家么女的身影。如果對方有什麼萬一，他永遠都沒辦法原諒自己。

薔蜜伸手按住藍采和的肩膀，「小莓花沒事，冷靜點，她就在你旁邊。」

藍采和依言扭過頭，他鬆了口氣，放鬆緊繃的身體。

確實如薔蜜所言，莓花正安然無恙地躺在自己身畔。

確認過莓花的安危，藍采和這時才有餘力觀察他們所處的環境。

這一看，此刻是孩童樣貌的仙人不禁呆住了。

他們在水裡，被一顆巨大的泡泡包裹。四周環繞清澈的幽藍色，底下有水草隨著水流晃漾，不時有魚群從泡泡外經過。

「這是……怎麼回事？」藍采和張口結舌。

「對方把我們扔在這裡後又消失不見，不過她總算沒忘記我們是人類，所以還弄了個泡泡出來。」薔蜜頓了頓，嗓音倏然變輕，滲入一絲歉意，「對不起，藍小弟。」

「什麼？」沒想到薔蜜忽然道歉，藍采和嚇了一跳，「薔蜜姊，怎麼了嗎？」

「小瓊……你們昏過去後，小瓊也被水捲到湖裡，但我卻只能顧著你們……」薔蜜罕見地流露懊惱。

藍采和一愣，他不知道就連何瓊也遭到襲擊，可他很快又打起精神。

「薔蜜姊，妳不用擔心，小瓊一定不會有事的。她和我一樣，都是八仙之一呢。」藍采和笑著安慰，「只要她解除乙殼，就能……對了。解除乙殼！」

藍采和忽然一擊掌，他不敢相信自己怎麼就忘了這麼重要的事。

雖然外表因韓湘的藥劑而變成孩童，但如果解除乙殼，應該還是能回復眞身。

想到這裡，藍采和馬上摸索自己的口袋，想找出乙太之卡。只是將所有口袋全翻找過一遍，就是不見那張外觀爲國民身分證的卡片。

藍采和本就蒼白的小臉變得更白了，他記得很清楚，離開民宿之前還有檢查過的，但現在卻不見了。

「不是吧？難道說……是被捲進湖裡時弄掉的嗎？」藍采和一屁股跌坐，滿臉震驚。沒了乙太之卡，他就和尋常人類沒兩樣。就算身懷怪力，但眼下他們可是在水裡，可比是砧板上的魚肉，任人處置了。

倏地，一陣細碎異聲響起。

藍采和與薔蜜下意識扭頭，發現聲音是從莓花的背包內傳出的。

一陣窸窣後，一抹小巧的灰色身影從背包裡鑽出來。

「年年，差點悶死我了。」眞實身分是年的幼獸的小灰貓抖抖身子，隨即發現周圍情況不太對勁。

泡泡、水草、還有魚群！小灰貓睜大眼睛。

「這……這是水嗎？我們在水裡嗎？」小灰貓彷彿難以接受眼前事實，牠在泡泡裡不停地跑來跑去，甚至還想用爪子抓抓看泡泡。

當然，這種危險的舉動立即被薔蜜阻止。她眼明手快地抓住小灰貓的後頸，將牠一把拎回來。

「別亂來，和一隻貓淹死在水裡可不在我的人生計畫。」薔蜜警告。

「我才不是貓，不是說我是『年獸』嗎？」小灰貓前掌抱住腦袋，但下一秒，牠卻倏然弓起背脊，尾巴豎起，目露凶光，對某個方向張嘴露出利牙。

就算仍維持著乙殼模樣，藍采和也知道肯定有不對勁之處。他想也沒想，馬上張手擋在莓花與薔蜜身前，只不過這保護的姿態撐不到幾秒，就被薔蜜破壞了。

「藍小弟，這種時候應該要讓大人做點事。」薔蜜傷腦筋地嘆口氣，她將那抹矮不隆咚的身影拉到身後，換自己像母雞般護在兩名孩子身前，鏡片後的眼眸冷靜而犀利地注視著小灰貓張牙舞爪的方向。

屬於女性的笑聲傳進所有人耳裡。

「這小貓咪可眞凶啊。」隨著話聲出現，泡泡外忽然水流湧動，逐漸凝塑出一抹纖細的女性身影。

女子臉上覆著白底紅紋的面具，遮住了臉孔，一雙耳朵卻形如魚鰭，泛著金紅光澤。不只如此，就連女子頸上也鑲著幾片金紅色的鱗片。

一瞧見那張面具，藍采和他們更加確定對方的身分了。

「是她！就是她想吃掉我的！」小灰貓憤怒地低吼。

「我只是想達成願望，這麼做有何不對嗎？」女子摘下面具，露出一張清秀的面容，正是藍采和他們在湖上看見的那人。

雖說女子是在水中張合唇瓣，但她說話的聲音仍清晰無比地傳進眾人耳內，彷彿四周沒有任何隔閡。

女子身形忽然下沉，手腳與身體都穿過了泡泡，她輕盈地落足在泡泡之中，似乎沒瞧見小灰貓想朝她撲來的姿態。

女子露出柔似水的笑容，「我就不自我介紹了，反正你們統統都是要被我吃下肚的。」

「……花禮。」藍采和突然說。

女子愣怔，她迅速望向喊出那兩字的小男孩。

「你為何……」女子眉眼驟然染上怒焰，「為何你會知道我的閨名？這可是只有我相公才知道的名字！你老實說出來，你這無禮之徒！」

「哎呀……」被稱作無禮之徒的藍采和無辜地刮了刮臉頰，「花禮小姐，妳的衣角。」

衣角？

聞言，不只花禮，就連薔蜜和小灰貓也反射性往藍采和所說方向看去。

確實與藍采和說的一樣，在花禮右側衣角，工工整整地繡著兩個小字，一為「花」、一為「禮」。

「什麼啊，原來是從這裡看見的。是我誤會你為無禮之徒了，小弟弟。不過，你看這字繡得怎樣？」花禮語氣頓時改變，從惱怒轉為了喜不自禁，「這字很棒吧？很棒吧？這是我相公幫我繡的，每一針都充滿了他對我的愛唷！」

花禮眉眼含笑，臉頰泛上桃紅，完全一副小女兒的嬌態。

「是很棒，恭喜妳和妳相公感情和睦。」薔蜜冷靜地說，「所以能不能放我們走了？」

「那當然……是不行的！」花禮的笑容下一刹那褪去嬌態，取而代之的是不懷好意。她舉起手臂，白皙的手背上逐一浮現片片金紅鱗片，指尖指向小灰貓、藍采和、薔蜜，還有莓花，「你、你、妳、她，你們身上都有寶物的味道，所以我要把你們全部吃光，一個也不放過。」

「如果妳眞想吃我們，總要讓我們被吃得明白吧？」薔蜜神色不變，彷彿此刻面臨的並非攸關生命的危險。

「沒錯，妳說想吃我們，是爲了什麼？」藍采和連忙開口。他和薔蜜同樣清楚，現在他們唯一能做的事只有盡量拖延時間，直到其他人找到他們。

「那還用說嗎？是爲了獲得寶物。」花禮舔舔紅唇，眼瞳變細，指甲變尖，「只要吃了寶物，就能達成我的願望。」

「妳胡說！妳胡說！」小灰貓弓著身體大叫道：「他們說才不可能實現願望，因爲吃了我會死！」

「會死？」花禮的臉上閃現驚疑，但很快又被怒氣取代，「你才胡說！你只是爲了不想被我吃掉，才這麼說的吧？誰也不准妨礙我達成願望，只要吃了你，我就可以變得更有女人味，相公也會更愛我。」

金紅色鱗片從花禮脖頸蔓延至臉頰，替那張清秀的臉蛋增添一絲恐怖。

「沒錯，我的相公會更愛我……而不是這幾天都背著我偷偷摸摸地出去！」花禮尖叫，臉蛋扭曲，長出尖利指甲的五指迅雷不及掩耳地抓向最前面的薔蜜。

花禮的動作實在太快，誰也來不及反應。

等薔蜜意識到時，尖利的指爪已來到她臉前。

千鈞一髮之際，一抹影子卻是比花禮更快一步到來。有什麼纏繞住花禮的手腕、手臂，硬生生阻止她的行動。

花禮的指爪就停在薔蜜眼前，卻再也前進不了分毫。

花禮錯愕，她瞪著纏繞住手臂的物體，那赫然是一條由無數泡泡串成的長鍊。

泡泡？花禮一震，隨即想起昨夜遇上的阻礙。難道說……

「管妳是不是同族，他們四位，妳一個都不許碰！」甜美又富含警告的女聲落下，纏縛在花禮手上的長鍊猛一拽拉，將她拉離薔蜜面前。

抓握長鍊另一端的身影同時出現，轉眼介入花禮與薔蜜等人的空隙。一身海藍色的清麗少女杏眸圓睜，金色瞳孔閃動凌厲。

「是妳！」花禮又驚又怒，她認出少女便是昨夜的妨礙者之一。

「是我又怎樣？」余曉愁怒極反笑，「我要來帶走我的朋友。正因爲同爲水族，我才特地奉勸妳別阻攔我，否則等另一個傢伙趕來，場面可就一點也不有趣了。」

「另一個傢伙？」藍采和倏然想通什麼。

「對，就是你家植物，他抓狂了。」余曉愁頭也不回地說道，全副心神都放在花禮身上。她憑藉著種族優勢才能先行一步找到藍采和他們。但她也說不準，鬼針會不會下一刻就尋來。

「妳以爲這麼說，我就會乖乖交出寶物嗎？」花禮嫣然一笑，眼神猛地轉冷。她將兩指放於唇間，吹了聲尖銳的口哨，「孩子們──」

藍采和是第一個發覺不對勁的，周遭竟又出現一顆泡泡包圍他。不僅他，還有薔蜜、莓花跟小灰貓。

泡泡在上升。

下一剎那，幽藍色的水域裡四面八方湧現更多細小泡泡。這些氣泡匯聚起來瞬間遮蔽了大半視野。

藍采和他們看不見余曉愁的身影。

「曉愁！」藍采和拍打著泡泡表面，大聲叫道，然而他隨即又發現有什麼正向他們飛快靠近。

白色的物體，難以辨認形貌的物體。

「什……！」

余曉愁最後只聽見藍采和發出了一個吃驚的單音節，接下來就再也沒了聲音。

余曉愁湧上心慌，她想尋找他們的蹤跡，無奈那些密密麻麻的氣泡擾了她的視線。她雖是水族，但這裡終歸不是她的地盤。

「昨晚雖敗於妳和另一人之手，」花禮看著被困在原地的余曉愁，手中出現一把利劍，眉眼含著不懷好意的笑，「但我們現在就來看看，在我的地盤，妳要怎麼撒野！」

「好啊，我們就來看看。」回答這句話的並不是余曉愁。

花禮一震，不敢置信地慢慢扭頭，一抹粉色的纖細身影闖入她的眼裡。

「所以，妳要怎麼展現給我們看呢？八薇的守護獸。」手持柳葉刀，眉心烙著五瓣粉色菱紋的嬌美少女盈盈一笑地說。

花禮的臉色白了。

玖 鬼針的憤怒

藍采和不知道他們會被帶到哪裡去，他們被包裹於泡泡裡，在水裡快速移動，四周簇擁著奇異的白色物體。

緊接著，藍采和發現前方有一團白光，他們正向著白光一路前進。

白光越來越熾亮，亮得藍采和幾乎睜不開眼，他閉上了眼睛——

藍采和感覺自己高高飛起，又落了下去，他不知道其他人是不是跟他有一樣的感受。接著，他聽見頭頂傳來什麼破裂的聲音，大股冷水灑落，淋得他一身濕，並讓他一個哆嗦地跳起，雙眼也在剎那間睜開。

「好冷！」藍采和抱著手臂，反射性地叫出聲來。不過他立刻注意到一件事——他們不在水裡了。

咦？藍采和怔住，他維持著環抱自己的姿勢，眨眨眼，確定映入眼內的不再是幽藍水域，而是晴朗的天空，腳下則是一片草地，旁邊還有個小水潭，周遭不見人煙或房舍。

不知為何，他們竟是被帶到一處空曠的郊野。

「這是……怎麼一回事？」藍采和傻愣愣地望著，他以為花禮會繼續將他們藏在湖裡，但是……

「哈啾！」

一道小小的噴嚏聲驚回藍采和的神智，他連忙轉過頭，見原本昏迷的莓花醒了過來，全身同樣濕淋淋的。

莓花吸吸鼻子，眸裡一片茫然，顯然不懂發生什麼事，更不知道自己爲什麼會在這裡。除了莓花，薔蜜與小灰貓也是一身濕。

小灰貓抖了抖身子，甩落一地水珠。

「莓花、莓花，妳還好嗎？有沒有哪裡不舒服？」藍采和掩不住擔憂地靠過去。

莓花紅著臉，搖搖頭，「沒有不舒服。小藍葛格，這裡是……」

「我希望我們還在八薇鎮裡。」薔蜜用半濕的衣角擦擦眼鏡，冷靜地提出看法。

老實說，藍采和根本不知道他們在哪裡，這是他第一次來八薇鎮。

「是……是在八薇鎮裡。」有個軟軟的聲音小聲地說。

「眞的嗎？莓花眞聰明，居然能認出來。」藍采和想也不想地笑著稱讚，心中暗鬆了一口氣，慶幸他們沒有莫名其妙地跑其他城市。

「小藍葛格。」莓花瞪圓眼睛，「不是莓花，莓花剛沒有說話呀。」

「哎？」藍采和一愣，他慢慢轉過頭，先是對上林家么女困惑又無辜的小臉，接著他望向小灰貓。

小灰貓拚命搖頭，表示自己沒開口。

藍采和最後將目光對上薔蜜，後者聳聳肩膀，然後伸出手指，比向某個方向。

藍采和順勢看去。

半空中，赫然飄著數團如白色棉花糖的物體。

藍采和立刻想起來了，他吃驚地嚷，「你們是剛剛……花禮小姐說的『孩子們』嗎？」

白色物體上下移動，彷彿表示點頭。

下一瞬間，全部的白色物體都像爆炸般「砰」的一聲炸開。

飄浮在半空的是五個半透明的小巧身影，約莫只有巴掌大，背後長著一對翅膀，耳朵則形如魚鰭。

「妖精！是莉莉安裡面出現過的妖精嗎？」莓花稚嫩的小臉迸現驚喜。

「不是，不是，我們不是妖精，我們是爸爸媽媽的孩子。」留著辮子的半透明小人說道，她撲騰著翅膀，繞著藍采和他們轉了起來。

其他半透明小人也一樣，他們圍著三人一貓飛舞，嘰嘰喳喳地開口。

「會冷嗎？」

「要毛巾嗎？」

「要熱茶嗎？」

「要點心嗎？」

小灰貓的眼睛隨著他們轉，轉著轉著，牠頭都暈了，忍不住用前掌捂著眼。

「你們的提議都很吸引人，但暫停一下。」薔蜜舉起手，「你們，救了我們？」

所有半透明小人停了下來。

「這是不對的。」其中一人喊道，很快又換另一人開口。

「爸爸很愛媽媽，媽媽不須要吃人的，她本來就不喜歡吃人。」

「我們想要阻止。」

「幫幫我們，阻止媽媽。」

「不要讓她吃人。」

細碎的嗓音全混在一起，隱隱染上了哭腔。

「小藍葛格……」莓花輕拉一下藍采和的袖角，眼裡寫滿祈求。

「如果可以，我也希望事情平靜結束。」藍采和刮刮臉頰，露出苦笑，「但我現在出不了手……我的乙太之卡不知道掉到哪裡去了，要是不把它找回來，萬一鬼針找上花禮小姐，事情很可能會一發不可收拾。」

自己的植物，藍采和最了解。一旦鬼針發怒，就連主人的命令也不會放在眼裡。

「乙太之卡……是卡片嗎？是上面有你照片的卡片嗎？」其中一個半透明小人怯生生地說，「如果是，我們在湖中有撿到……」

這對藍采和來說無異是天大的好消息。他又驚又喜地看著半透明小人們拿出一張沾著水珠的卡片，上頭還有自己的照片——那確實是他的乙太之卡。

「玉帝保佑！」藍采和忍不住高興地喊了一聲，「有了這個，就可以……怎麼了嗎？」

藍采和發現那些半透明小人們忽然全看向水潭，臉上浮現緊張，背後翅膀拍振的速度更快了。

「追來了。」

「是媽媽。」

「媽媽發現我們做的事。」

「噫！要躲起來，抓到會被打屁股的！」

所有半透明小人慌張地一哄而散，轉眼不知躲藏到哪裡去，剩藍采和等人還留在原地。

藍采和不敢大意，他馬上握緊乙太之卡，沒想到還未喊出解除乙殼的咒語，平靜的水潭表面乍然一陣波濤洶湧，水面翻騰，激出大片水花。

緊接著，一抹嬌小人影自水中竄躍起來，手中利劍折閃日光，身形如虹，竟是鎖定下方的藍采和等人直刺而來。

藍采和不加思索，身體瞬間有了反應。

面對即將逼近的劍鋒，藍采和扯下背包，抓出猶昏迷的人面蘿蔔，快狠準地朝著長劍揮打出去。

連串動作僅在短短數秒內宣告結束。

硬度堪比超合金的阿蘿，加上藍采和的天生怪力，形成了一次完美的打擊。

花禮作夢也沒想到，自己竟會被個小男孩打得被迫飛退。而當她看清對方使用的打擊工具，不禁大驚失色。

「那是什麼嚇人的東西！」

藍采和當然不會給予回應，雖然他很想自傲地介紹這是他家蘿蔔，但眼下不容許他浪費絲毫時間。

隨手扔去眼冒金星、醒過來又昏過去的阿蘿，藍采和毫不猶豫地喊出解除乙殼的咒語。

「吾之名為藍采和，現在要求解除乙殼封印！應許．承認！」

跌坐在地的花禮根本沒仔細聽藍采和喊了什麼，她驚愕地睜大眼，難以置信眼前發生的這一幕。

黑髮小男孩身形瞬間抽長，水色光華宛若枝蔓迅速交纏上他的四肢、身軀，身著衣物隨著藍光覆過而改變。

水色錦靴，繡著似雲似浪圖騰的水色長袍，就連墨黑的眉眼和髮絲也被水色浸染，一簇同色的火焰圖紋妖嬈地烙印於右頰。

原本的黑髮小男孩已不存在，取而代之的是藍髮藍眸的秀淨少年。

「好啦，現在就讓我們把事情做個結束吧。」藍采和溫和一笑，指間倏然出現無數銀絲。

完全不給花禮反擊的機會，藍采和手指飛快翻舞，全數淡銀絲線立即射向花禮。最後他一個拉扯，成功完成綑綁。

花禮的手腳和身體全被銀絲捆住，連根手指也動彈不得。

藍采和手指再一使勁，將花禮整個人拉了過來。他注意到花禮髮絲凌亂，衣物也有破損，模樣看起來有些狼狽，但這絕不是自己出手造成。

藍采和內心的疑惑只有一瞬，他很快得到解答。

潭上又是無預警地泛起波瀾，隨著水花高高濺起，這回是兩抹纖細身影一前一後地自潭中竄出，落足在草地上。

「小瓊姊姊！曉愁姊姊！」莓花綻露欣喜。

原來現身的正是余曉愁與回復眞身的何瓊，恐怕花禮就是躲避她們的追擊，才會把自己弄得這麼狼狽。

「總算找到你們了，小藍，幸好你們平安無事。」何瓊鬆口氣地微笑。

她墜入湖裡時，一直掛念的就是藍采和等人的安危。雖說靠著回復眞身度過了溺水危機，但由於湖裡設了重重迷障，等她找到余曉愁，也過了一段時間。

「小瓊，妳們也沒事眞是太好了。」藍采和眞摯地說道，他回頭望了薔蜜一眼，對她眨眨眼睛，以表明自己先前說的話果然沒錯。

薔蜜也忍不住笑了。

「小藍，接下來你要怎麼處理？」何瓊輕甩柳葉刀，修長的刀身立即化成花瓣飄落。

「接下來嗎？我自己是覺得等哥哥他們……喔，靠杯。」藍采和忽然變了臉色，藍眸一凜，飛也似地扭頭瞪向水潭。

幾乎同一時間，大片黑影悄無聲息地自水中衝出，在空中轉變形態，分裂出數十根漆黑尖刺，對花禮當頭罩下，明顯要置她於死地！

「鬼針，你住手！」藍采和及時反應，他手指抽扯，本來纏在花禮身上的銀絲盡數脫離，飛快地交織成網。

黑影撞上銀網，產生劇烈波動。那陣無形波動卻不是銀網能攔下的，它撲向無防備的花禮，竟是將她震暈過去。

「再繼續窮追不捨可是不行的哪。」何瓊也出手，粉色光華注入銀網當中。

見狀，藍采和眼一瞇，手指再施力道，銀網將黑影彈了出去。

黑影一沾上草地，頓時化出人形。

黑髮、膚色蒼白，鬼針眼中有著散不去的凶戾之氣。

「閉嘴，吞下你想說的話。不准抗議、不准耍賴，也不准撒嬌。」藍采和飛快扔出一串警告，眼眸凌厲，表明他很認真。

鬼針重重地、冷冷地哼了一聲，卻也不再有任何動作。

安撫完鬼針，藍采和正想聯繫相菰和椒炎，卻突然聽見莓花驚呼一聲。

「小藍葛格！這位大姊姊……」

藍采和迅速回頭看，然後他愣住了，水色眸子裡是無法掩飾的錯愕。

圍在花禮身邊的所有人都是差不多的表情。

眾目睽睽之下，嬌小清秀的花禮正在改變樣貌。她個子抽高，手腳也變得更為修長，五官線條更為銳利——

最後，她變成了一名身材高挑、英氣颯爽的俊麗女子。

八薇鎮的另一名守護獸，也回復了原來的面貌。

藍采和等人幾乎是目瞪口呆地看著花禮變成截然不同的模樣。

好半晌後，藍采和吶吶開口，「所以說……這就是花禮小姐想變得有女人味的原因嗎？但、但是，她這樣子不也挺好的嗎？」

「笨蛋，藍采和你真是不了解女人耶！」沒想到這話立刻換來余曉愁的反駁，她揚起細眉，雙手扠腰，「如果方奎希望我哪邊改變一下，我一定也會努力嘗試……女為悅己者容，你沒聽過嗎？總之，我可以了解她的心情……」

說到後來，余曉愁的聲音也輕了下來。在明白花禮做這些事的真正目的之後，她心中最後一點怒氣也消散得一乾二淨。她也在戀愛中，她覺得自己能夠體會花禮。

「雖是這樣，但吃人總是不對。」藍采和小心翼翼地說，就怕自己用詞稍有不對，便會引來其他女性的圍剿。

「那還用說嗎？這當然是不對的，不過她也沒眞的吃人。」余曉愁揮了下手，替花禮辯駁，「藍采和，你不會眞的對她怎樣吧？她可是八薇的守護獸啊！」

「說到守護獸，我們這裡也有一隻，不過這隻感覺不怎麼可靠就是了。」一道男聲忽地傳來。

聽聞這道聲音，眾人趕緊循聲看去。

莓花最先行動，她露出笑臉，開心地撲過去。

「葛格！」林家么女張開雙臂，用力地抱住自己的兄長。

「莓花！」川芎彎腰，一把抱起寶貝妹妹，他身旁還有張果、椒炎、相菰、方奎。

至於方奎，是與另一名藍采和他們不曾見過的小男孩一起被抓在椒炎手裡。

是椒炎和相菰帶著其他人飛過來的。

「喂，那隻水族的，這個還妳。」椒炎不客氣地對余曉愁喊了一聲，鬆開抓著方奎衣領的手指。

余曉愁無暇在意椒炎的無禮，見方奎跌坐在地，她連忙衝過去。

「方奎，你有沒有怎樣？」余曉愁蹲在方奎身邊，眉眼藏不住憂心。

「我沒事，只是……我眞的愛死腳踏實地的感覺了，曉愁……」方奎擠出微笑，抓握余曉愁的手指有些發抖。他怕高，偏偏他們還是飛著來的。

「你……你怎麼那麼沒用！」余曉愁像是在斥喝，但微紅的眼眶洩露了她的擔憂，「不管，回去之後我要訓練你，要讓你變得不怕高才行！」

「咦？不是吧？」方奎眞的掛不住微笑了，他呻吟出聲，「不用這樣對我吧……曉愁，我怕我的心臟會先支撐不住啊！」

誰也不想去理會那對又在放閃的情侶。

「薔蜜大人！」幾乎一踏上這處，相菰的視線就緊緊黏在薔蜜身上。他迫不及待地跑過去，眼裡滿是愛意，「薔蜜大人，我們這邊也成功抓到另一隻守護獸了！」

「做得眞好。」薔蜜完全接收不到相菰的愛慕光線，她的喜好範圍只限定在四十歲以上的中年大叔。她伸手摸摸相菰的頭，誇讚了一句。

相菰背後彷彿開出無數粉紅色的小花，他捧著臉，喜孜孜地陶醉在「薔蜜大人誇獎我了、薔蜜大人誇獎我了」的情緒中。

眾人也有志一同地無視沉浸在自己世界裡的相菰。

「藍采和，這隻看你要怎麼處理？」椒炎扔下手裡的英歌。

「小孩子？」余曉愁不免吃了一驚，她記得昨夜對上的分明是一位成年男子。

「這好像……才是他原來的樣子。」川芎皺著眉，目光掃向昏迷不醒的花禮，「這就是另一位守護獸嗎？」

「是的呢，哥哥。」藍采和舉起手，指尖泛出淡淡銀光，「總之，我們先……」

「住手！住手！」

「不要傷害媽媽！」

「不要傷害爸爸！」

「不要傷害我們的爸爸媽媽！」

「求求你們！」

細碎的叫嚷突地一股腦湧來，五抹半透明的小巧身影撲向藍采和，或抓住他的手指，或咬住他的手臂。

川芎並沒有問這是什麼，事實上，他被另一個更驚人的消息震懾住了。

不僅是他，包括藍采和等人也瞠目結舌，甚至以爲自己聽錯了。

「爸爸？」何瓊遲疑地擠出這兩字。

「媽媽？」藍采和艱困地吐出另外兩字。

大夥的視線不敢相信地瞪著躺在地上的俊麗女子與清秀小男孩。

「我的天啊……這是什麼御姊跟正太的組合？」川芎喃喃地說，覺得這世界不只比他想像的大，根本在挑戰他的想像力！

「這……這眞是太令人羨慕的婚姻組合了！」相菰回過神，感動不已地握住雙手。

基於他對薔蜜的單相思，誰也不想對他這話做出任何評論。

「媽媽想變更有女人味！」

半透明的小人們鬆了口、也鬆了手，急急地叫著。

「爸爸想變更成熟！」
「爸爸媽媽只希望對方可以更喜歡自己！」
「爸爸怕媽媽覺得自己太幼稚了！」
「媽媽怕爸爸更喜歡小鳥依人的類型！」
「所以、所以……」
「求求你們！不要傷害我們的爸爸媽媽！」
面對這驚人又令人啞口無言的眞相，眾人你看我、我看你，最後是藍采和打破了沉默。
「呃，不、不管怎樣……」藍采和抹了把臉，有點無力地說，「先想辦法讓他們倆醒過來吧。」
「那還不簡單？」椒炎俐落地一彈指，兩小團粉紅色煙霧立刻飛向花禮與英歌，竄至他們鼻尖。
在充滿辛辣味的氣體刺激之下，本來閉著眼的花禮和英歌頓時打了個噴嚏，身體反射性地彈坐而起。
也許是兩位起身的動作太過劇烈，從他們各自的衣襟中各掉了什麼出來。
英歌與花禮還來不及看清四周情況，就先被地上的物體吸引視線。
掉在花禮身前的，是白底紅紋的面具；掉在英歌身前的，是白底青紋的面具。
八薇的守護獸們睜大眼。

拾 年來了

「相公？」

「娘子？」

「昨夜是你？」

「昨夜是妳？」

「為、為什麼會是娘子妳？我以為是不知哪來的妖怪要跟我搶寶物啊！」英歌跳了起來，心慌意亂地握住花禮的手，「娘子，我昨夜有傷到妳嗎？天啊，我竟對娘子妳動手！」

「相公你冷靜一些，我沒事，我沒受傷的。」花禮趕緊抱住英歌，她似乎剎那間想通了許多事，「難不成……難不成相公你這幾天偷偷摸摸出門，就是為了寶物？」

「娘子妳知道了？」英歌露出大受打擊的表情，「我……我本來是想給妳一個驚喜呀！要是我變得帥氣成熟，而不是現在這模樣，妳一定會更開心的……」

「你說那什麼話？我就是愛你原來的樣子啊！」花禮喝斥，隨即話聲轉小，「我還以為，還以為你是嫌我沒女人味，不喜歡我了……偷偷到外面找別的女人……」

「怎麼可能？不管娘子是什麼樣，我都愛妳啊！」英歌震驚地大嚷。

「相公！」

「娘子！」

「爸爸！媽媽！」

「小一、小二、小三、小四、小五，幸好你們有阻止媽媽！」

「哎……不好意思，打斷一下你們感人的家庭時間。」一道溫和似水的嗓音介入。

花禮、英歌還有半透明的小人們轉過頭，望見一抹純淨無害的少年笑靨。

「照這樣看來，似乎都眞相大白了？」藍采和笑容可掬地問道。

川芎心生警覺，當下要莓花捂住耳朵。

果不其然，在瞧見花禮他們下意識點頭後，藍采和發飆了。

「你們夫妻他媽的無不無聊！非得將一大群人都拖下水？見過夫妻鬧事的，沒見過可以蠢成這樣的！沒弄出問題來算你們幸運，要是眞有誰受到傷害，老子絕對拔光你的羽毛、刮光妳的鱗！直接一個串燒！一個清蒸！」

花禮和英歌顯然沒想到那麼秀淨的一張臉，居然能猙獰得教人悚然，他們不由自主地瑟縮一下。

「好了，小藍，你就深呼吸，冷靜一下吧。」何瓊笑笑地開口，但那雙貓兒眼卻銳利地盯住花禮他們，「八薇的守護獸，不管事情如何，你們知道你們打算吃的是什麼嗎？」

花禮和英歌搖搖頭。

「是年！」小灰貓得意洋洋地跳出來，昂起小腦袋，甩動尾巴，「我可是年！」

「年？」花禮和英歌驚呼，從兩人的反應看來，他們也知道年獸的存在。

「但是，年不是應該長得……怎麼會是貓咪的模樣？」英歌震驚地指著小灰貓。

「幼獸，年的幼獸。」何瓊說道。

「沒錯，我是年的幼獸！吃了我會死的！」小灰貓趾高氣揚地說道，怕花禮他們不相信，牠連忙補充，「是他們說的喔！」

花禮和英歌茫然地看著小灰貓，似乎難以接受他們追尋的寶物，吃了反而會奪人性命。

「只要想一想就知道了。」藍采和指著小灰貓，「牠是年的幼獸。年在人界的職責是什麼？體內又是什麼？」

「是毒！」花禮抽口氣，反射性脫口而出。

「說的對，就是毒！咦咦咦？我的體內是毒？」小灰貓睜圓眼睛。

「等一下，藍采和你說清楚一點，什麼叫年的體內是毒？」川芎可不喜歡打啞謎。

藍采和還沒出聲解釋，就先見到八薇的兩位守護獸刷白了臉，面色滿是驚恐。

「藍……藍采和？」花禮嗓音微顫，「難道說……」

「是八仙中的……藍采和？」英歌像是呻吟地叫道，小手死死地抓住花禮。

或許他們不曾見過藍采和的相貌，但他們絕不可能沒聽過這個名字。

「不只喔，你們旁邊這位是何瓊，這位則是張果。」余曉愁伸出手指，點點其中兩位。

八薇的守護獸倒抽一口氣，他們怎麼也沒想到，八仙中的三仙竟然會出現在這裡。而且……他們還試圖吃了他們！

英歌與花禮面龐褪去血色，同時卻也無比慶幸。幸好沒有眞的犯下大錯，幸好沒有誤吃年獸……

「年年！」小灰貓忽然發出叫聲，聲音中不知爲何帶著痛苦。

眾人的注意力頓時全落在牠身上。

「年！」小灰貓又發出一聲更淒厲的叫聲，蜷起四肢在地面難受地打滾，「年年——」

「小藍！」何瓊急忙喊向同伴。

「不……我也不知道……」藍采和腦海一片茫然，他不知道事情怎會變成這樣。沒有多想，他一個箭步靠近小灰貓，然而伸出的手卻被貓爪子抓了開來。

小灰貓不停地在地上打滾，間或發出尖叫，一聲比一聲還高亢淒厲。

「葛格，貓咪怎麼了？」莓花心急地問著兄長。

川芎怎麼可能知道是發生什麼事，他下意識地看向身旁的小男孩，「張果。」

「不知。」張果吐出兩個字。

小灰貓還在痛苦地打滾，腳爪撓地。下一剎那，牠的身體竟如吹氣般猛然脹大。

藍采和大驚，他厲聲喊道：「大家快退開！」

藍采和與鬼針撈過呆住的英歌一家，椒炎扯開林家兄妹，相菰和余曉愁各自護著薔蜜與方奎，所有人瞬間和小灰貓拉開距離。

不，也不能稱之爲小灰貓了。

「牠」的身體脹大的同時，也在改變樣貌。

堅硬的鱗片覆蓋上身體表面，銳利的獨角突出額前，鮮紅色的鬃毛從脖頸垂冒出來，眼睛更是變成銅鈴大眼，咧開的嘴巴裡長出森白利齒，厚實帶有勾爪的腳掌不住地耙地。

「牠」形如獅獸，體大如巨象。

藍采和、何瓊、余曉愁、花禮、英歌，包括植物們，都忍不住抽了口氣，他們知道這是什麼。

這才是「年」的眞正面貌！

「小藍！小瓊！小張！立刻布下結界，攔住年獸！」

就在這一刻，一道急促大吼隨著青光砸地響起。

當青碧光芒散去，一名綠髮碧眼的年輕男子揹負長劍，出現在眾人面前。

「洞賓？」藍采和吃驚。

「現在沒時間寒暄了，布下結界要緊！」同爲八仙的呂洞賓急急喊道：「這隻年獸要進行『春回』了！」

乍聞「春回」兩字，知悉這代表什麼意義的藍采和等人又是一震。

「可牠不是幼獸嗎？」藍采和驚詫萬分。

「我待會兒再跟你們解釋——綠蜂．疾！」呂洞賓抽出長劍，青色電芒在劍身遊走，隨即疾竄射出，在年獸上空布下電網。

「紅蝶・起！」何瓊手中浮現柳葉刀，爬有紅紋的刀身散出粉光點點，一下子就擴散開來，環繞在年獸身側。

「椒炎、相菰、鬼針！」藍采和喊出自己植物的名字，當他們分別召出水火與黑影的同時，他的指間也勾繞出無數銀絲，隨後讓發著淡光的銀絲包圍住他們所在的這片郊野。

另一邊，解除乙殼、重新回復眞身的張果舉起通體透白的法杖，「白鳶・止。」法杖前端湧出潔白光華，白光分成兩股，一股加入光點的行列，一股與銀絲相互交織。

「娘子！」

「相公！」

英歌和花禮互望一眼，前者的後背伸展出雙翅，翅膀一揮振，捲起綠色氣流；後者吹了聲尖長的口哨，無波的水潭瞬間奔湧出高大水柱。

氣流和水柱一併加入鞏固結界的行列。

年獸在光點、電網和白光交纏的第一層結界內橫衝直撞，牠的肚子不知爲何竟鼓大了起來。

接著，川芎發現一件事，就算年獸在結界裡撓地衝撞，牠卻沒有發出任何一聲吼叫。

就在川芎困惑之際，呂洞賓忽然拉高聲音叫道：「阿林、小姑娘、薔蜜小姐、方奎小弟！蹲下去，然後摀住你們的耳朵！」

不只那些被呂洞賓點到名的人，就連藍采和等人也同樣摀起雙耳。

彷彿算好了時機，當所有人都摀住耳朵之後，結界內的年獸倏然張嘴，發出了響亮至極的咆哮。

即便摀著耳朵，川芎他們還是覺得那嘯聲竟如轟雷驟響，連大地也隨之晃震。

年獸的咆哮響亮綿長，隨著牠吐出咆哮，鼓大的肚子也慢慢地消了下去，簡直就像是把積累的什麼吐露殆盡。

隨著嘯聲撼動結界內的天地，川芎等人吃驚地發現，他們身周區域正快速發生異變！

矮短甚至尖端泛黃的草葉抽高轉綠，無數叫得出名字或叫不出名字的植物從草間鑽冒、生長、茁壯，然後是一朵朵鮮花綻放。

白、紅、黃、紫……數不清顏色的繽紛花瓣恣意伸展，吐露芬芳。

不過幾個眨眼，本來寂靜的郊野竟變得生機盎然。

年獸的咆哮終於劃下句點，牠合上大嘴，眼皮無預警耷拉下來，蓋住了圓大的眼珠。隨後就像是被抽光了所有力氣，轟然一聲地橫躺在地。

年獸身上又冒出淺淺的碧光，隨著光芒包裹住牠的身體，原本龐大如巨象的體積竟是逐漸縮小，最後變回川芎他們剛見到時的大小。

雖說外表沒有回復成小灰貓的模樣，但這樣玲瓏嬌小的體型，反而襯得外觀一點也不凶神惡煞了。

小年獸躺在花葉間，一動也不動，唯有肚皮一起一伏，不時還從口中發出呼嚕的聲響。

「呼嚕──嚕──」

無數雙眼睛死死地盯著小年獸。睡著了？就這麼睡著了？

「玉帝在上，幸好有趕上……」呂洞賓最先脫力地坐下，長劍收回劍鞘，天空的電網也消失無蹤。

見狀，其他三名仙人也收回力量，接著是椒炎、相菰、鬼針，還有八薇的守護獸們。所有異象全都消失，除了這片不該在冬天盛綻的錦簇花團。

「我還是第一次見證什麼叫百花盛開……」川芎放開莓花，抹了把臉，喃喃地說，「相信有人願意解釋一切吧？」

「沒錯，我相信某人一定願意解釋的。你說是不是啊，洞、賓？」藍采和猝不及防地抓起綠髮仙人的襟領，眉眼如同彎彎弦月，但呂洞賓要是看不出其中的危險，那就枉費他們互爲同伴上千年了，「你說清楚，什麼叫『最近會有年從天界下來』？你沒事放一隻年的幼獸下凡幹什麼？」

「啥啥啥？冤枉啊，小藍！」礙於衣襟被抓著，呂洞賓只能大表無辜地舉起雙手，「我明明傳達給那位幽靈的是，『年的幼獸不小心從天界跑下來了，小藍你們如果有發現就幫我留意一下』。我說的是這個，我也費盡辛苦地盡快找來了……噢，我沒想到牠居然和你們在一起，幸好沒讓『春回』範圍擴大……」

「不好意思，打岔一下。」薔蜜冷靜地舉起手，「什麼是『春回』？剛剛似乎也聽到你們提起？」

「啊，這個啊……」秉持著對女性盡心盡力的信念，呂洞賓馬上拉開藍采和的雙手，堆起優雅爽朗的笑臉，只不過剛說了幾個字，馬上就被另一股力量撞到旁邊。

「薔蜜大人，我來說、我來說！」力求在心上人面前表現的相菰顧不得位階尊卑，興沖沖地嚷道：「『春回』就是成年年獸到人界執行的任務，上面會派年獸到各地去，每年都要執行一次，而且只有在農曆的元月初一後，才會開始正式進行。人界不是常說年關要到了嗎？過了年就可以煥然一新啦！」

「慢著，後半段可以說得再更淺顯易懂一點嗎？」川芎皺起眉頭，他越聽越糊塗。

「哎，哥哥。簡單來說，『春回』就是召回春天，迎接新氣象的意思呢。當初我們不說，就是想在過年找一隻執行『春回』的年獸，讓你們看看這景象，給你們一個驚喜。」

這次換藍采和力求在林家兄妹前表現。

「剛不是說到年獸的體內都是毒，不能吃嗎？其實年獸每年下來人界，都要先吸收人界的污穢之氣，等吸得飽飽，過年一到，就會把穢氣轉換成好的氣噴出，這些氣會召喚春天降臨，送走寒冬。所以相菰方才說的意思，就是指『一年到來，壞的去，好的來』。」

「這聽起來……倒跟植物吸收二氧化碳，轉換成氧氣放出差不多嘛。」方奎興致盎然地摸摸下巴。

聽到方奎這麼一說，川芎完全理解了。

「不過，爲什麼年的幼獸會這麼快進行『春回』呢？」何瓊若有所思地問，目光落至呼呼大睡的小年獸身上，「照理說，牠吸取穢氣的能力沒那麼早完善哪，洞賓。」

「這個就請務必要讓我好好解釋，小瓊！」眼見愛慕對象開口，呂洞賓馬上跳起，「年的幼獸確實不該有『春回』現象發生，不過……」

呂洞賓頓了一下，臉上的表情轉成微妙的苦笑。

「不過，牠的身邊待著三名仙人的話，就是另一回事了。」

「什麼意思？」藍采和問。

「是仙氣提早催化牠吸收穢氣的。」呂洞賓說。

乍聞此言，藍采和與何瓊頓時啞然，誰也沒想到眞正原因竟出在自己身上。

「好了，既然牠提早『春回』，神智也已開化，記得自己身分，那麼我得把這隻偷溜出來的小傢伙送回天界了。」呂洞賓蹲下身來，伸指重重地彈了小年獸的前額一記。

小年獸驀然驚醒，慌慌張張地蹦跳起來。

「小傢伙，我們該回去了，你跟阿林他們道個別吧。」呂洞賓催促。

小年獸晃晃腦袋，發出「年年」的叫聲。牠現在已經完全明白自己的身分，牠的目光掃視眾人一圈，最後落至莓花臉上。

小年獸走向前，用腦袋拱了拱莓花的膝蓋。

莓花蹲下身，抱起小年獸。

「小姑娘，讓妳差點遇到危險眞不好意思。」小年獸用稚幼的嗓音道歉，「下次下來不知道要等幾年後了，我會很想妳的。」

說著，小年獸伸出舌，舔了小莓花的嘴巴一下。

時間在這瞬間彷彿靜止，氣氛在這瞬間宛如凍結。

在場的大部分人，誰也沒有勇氣回頭覷望林家長男現在的臉色。

林川芎，性別男，正職是大學生，副業是小說家，其妹控經歷目前正邁入第六個年頭，並且顯然將繼續走火入魔。

「你、好、大、的、膽、子。」一陣陰惻惻、簡直如同來自地獄深淵的聲音響起。

川芎一步步地走到自己妹妹身前，一掌拎起小年獸。

下一剎那，患有重度戀妹情結的男人將小年獸扔往高空，然後將不知從哪找回來的阿蘿充當球棒，使盡全力地朝著落下的小年獸揮擊出去。

「別人家的寶貝妹妹是你說碰就碰的嗎混帳——」

望著呈現完美拋物線飛出的小年獸，薔蜜抬手遮眼，眺望遠方，淡淡地說，「眞是記完美的全壘打，川芎同學。」

但是呂洞賓可就沒有這種閒情逸致了。

這名綠髮仙人幾乎是慘叫地跳起，「不是吧！阿林你怎麼就把牠打飛出去了！我還得帶牠回去交差啊！」

呂洞賓一邊慘叫，一邊風風火火地往天空飛去，好追回應該帶回的天界珍獸。中途，他還不忘扭過頭對底下大喊。

「對了，阿林！除夕夜也讓我蹭頓年夜飯吧！今年凝陽要去打牌，拒絕收留我了……啊，座位最好能安排在小瓊隔——嗚喔喔！」

這一次，（被迫）飛走的人換成呂洞賓。

目送成爲天際一粒黑點的同伴，何瓊放下剛變出、用來充當扇子的巨大荷葉。

「慢走，不送唷，洞賓。」

留著雙馬尾，擁有一雙狡黠貓兒眼的少女仙人對天空揮揮手。

尾聲

年獸事件就這麼結束了，而川芎等人的四天三夜假期還要繼續下去。

爲了彌補自己的過失，花禮招待大夥至晶湖底處遊玩，見識不一樣的湖中世界；英歌則回復原形，載著大夥翱翔天際，欣賞天空之美。

這是個相當令人愉快的假期。

不過隨著假期即將結束，也有人開始煩惱起來。

林家長男是煩惱除夕夜時，要怎麼跟返家的父母說，今年的年夜飯除了藍采和、何瓊、張果外，還多了曹景休與呂洞賓兩位客人？噢，幸好韓湘和鍾離權去進行美食之旅了，李凝陽留在天界。否則和八仙同桌吃飯？林家長男想都沒想過這事。

至於林家的幫傭也在煩惱。

他接到韓湘的電話，說藥效四天內就會消退，但他卻開心不起來。他考慮要不要跟韓湘再拿點藥，起碼小孩模樣討喜，說不定自己的監護人見了開心，就一筆勾銷他曾做過的事。

「哎，我是指說不定、可能、還是有機會的嘛……妳覺得呢，小瓊？」

「這個嘛，小藍，我只有一句話送給你……『玉帝保佑囉』！」

〈年來了〉完

黑暗火鍋大會

「那麼現在開始，是非吃不可、吃了也不至於非死不可的黑暗火鍋時間。另外，也請讓我們感謝一下願意出借客廳的林川芎先生。」

一名戴著眼鏡、留著長直髮的美麗女性，將手中的湯勺充當麥克風，用一貫冷靜淡然的語氣宣布。

女子話聲剛落，周遭立刻相當捧場地響起了熱烈掌聲。

卻有一名男人沉著臉，眉毛皺得彷彿能夾死蒼蠅，表情說有多不甘願就有多不甘願。

這名正職爲大學生，副業則是小說家的男人，就是在一開始被點到名的川芎，同時也是這個家的主人。

事實上，川芎到現在還是搞不懂，好端端的假日，爲什麼他非得出借自家客廳，讓人舉辦什麼黑暗火鍋大會？

見鬼了，普通的火鍋大會不行嗎？

似乎聽見川芎的怨念，方才負責唸出開場白的薔蜜用沒握湯勺的右手輕推下鏡架，鏡片後美眸利光一閃。

「那還用說嗎？川芎同學，如果是普通的火鍋大會，就不能好好地抒解壓力了。你要知道，編輯是一門相當辛苦的行業。」

看著友人兼自家責編露出了格外認眞的表情，川芎只想在心裡說：放屁啦，辛苦的是被妳摧殘蹂躪的作者吧？

當然，這話川芎絕對不敢當著對方的面說出口，就算撕了他的嘴也一樣。畢竟此刻坐在川芎面前的薔蜜，可是流浪者基地出版社的主編，號稱鐵血編輯，並且特技是關節技。

川芎又不是瘋了，想被人拖到廁所裡進行一場據說是「高級文明」的交流會。

默默地腹誹著，林家長男揉揉皺得發疼的眉心，視線從（強迫他人出借客廳的）火鍋舉辦人身上移到旁邊。

斜對面的沙發上坐著一名少年與一名少女，另外附加一根坐在少年腿上的人面蘿蔔。

膚色蒼白、彷彿風一吹就倒，其實擁有嚇人怪力的少年，是傳說中的八仙之一．藍采和。而那根有手有腳還有臉的人面蘿蔔，是他的植物——或者說寵物？

至於在炎炎夏季還身穿墨綠西裝的雙馬尾少女，同樣是八仙之一，全名何瓊。

不管是藍采和、何瓊，或是名叫阿蘿的人面蘿蔔，目前都是這個家的房客。

發覺到對面投來的目光，何瓊露齒一笑，漂亮的貓兒大眼瞇成彎月狀。

川芎臉皮微熱，像是怕被人看透心思，連忙移回目光，剛好對上薔蜜似笑非笑的眼神。

「幹嘛用那種眼神看我？」川芎立刻擺出凶惡的表情，目光如刀地射向這場火鍋大會的始作俑者。

「不，我只是在看你這個月能不能順利交稿給我。」薔蜜不快不慢地說道：「嗯，剛剛大宇宙電波告訴我了，你會順利交稿的。」

「靠，大宇宙電波是啥鬼啦……」川芎受不了地翻下白眼。

不過有件事還真被她說對了，他這個月稿子的進度的確很順利，估計月底不用再面對三餐加下午茶加宵夜時間的催稿電話。

沒再問薔蜜究竟是怎麼看出自己不會拖稿——在川芎的心目中，薔蜜這人，根本就比仙人、比會說話的蘿蔔還要再神祕N倍——川芎放鬆肩膀，直直地看向身爲自家幫傭的藍采和。

「我說，藍采和。」

「是？哥哥請說。」被點到名的少年仙人笑咪咪的，眉眼宛如夜間高掛的彎彎弦月。

「你們到底知不知道什麼叫黑暗火鍋？」川芎皺著眉問道：「我先挑明說清楚，雖然沒到吃了會非死不可的地步，不過這玩意吃下肚，可是有百分之四十四點四四的機率，會到廁所與馬桶培養感情的。」

川芎還記得，上一回的黑暗火鍋大會也是薔蜜主持，在流浪者基地辦公室舉辦，參與者有川芎外加小說部全體編輯。結果隔天除了主持人外，全員在家狂拉肚子。

無法上班的眾編輯們，差點讓一堆小說開了天窗，也讓不明就裡的總編憂心忡忡地以爲，該不會是大家五月病發作，集體不肯來上班。

也就是因爲黑暗火鍋這麼驚人可怕——偏偏對薔蜜來說，相當能抒解平日積累的壓力——所以今天的火鍋大會才沒有出現林家么女的身影。

開什麼玩笑！川芎說什麼也不可能讓他的寶貝莓花吃到如此危險的食物。因此在薔蜜到來之前，他就先將妹妹送往亦是雙親友人的流浪者基地總編家，剛好總編與他夫人非常想念莓花。

「報告川芎大人，這俺當然知道啦！這種簡單的小問題，就由俺這根英俊、聰明的蘿蔔來回答吧！」

面對林家長男的疑問，藍采和還沒開口，坐在他腿上的阿蘿搶先回答。

似乎是覺得坐著講沒什麼魄力，阿蘿靈活地跳上擺著電磁爐、爐上放有大鍋的桌面，它一手扠腰，一手標準地敬禮。

「再次報告川芎大人，黑暗火鍋就是一群人關在黑暗裡吃火鍋。啊，還要光溜溜的……唔噗！」

阿蘿最後的話聲猛然轉成悲鳴。

「光你媽啦，你全家才光溜溜。咳咳，討厭啦，哥哥你千萬別聽阿蘿亂說。」

藍采和笑容滿面地插話，右手則毫不客氣地掐緊自己的植物，直接將那陣悲鳴當成背景音效。

「薔蜜姊之前有跟我們說過這是怎樣的活動了。」

所謂的黑暗火鍋，就是當鍋裡的水滾開之後，由一人關掉電燈，在黑暗中，大家把各式食材扔進鍋裡——不管是什麼，只要能吃就行。等過了數分鐘之後，再重新打開電燈，接下來無論撈到什麼，都非吃不可。

「是嗎？既然薔蜜有說過的話……」嘴上這麼說著，但川芎仍忍不住有些擔心地看向何瓊，「小瓊，妳確定真的要……」

「川芎大哥，你放心好了。」綁著雙馬尾的嬌美少女以手掩唇，笑聲如鈴，「我跟小藍對自己的腸胃還挺有信心的，而且這活動感覺好有趣呢。」

「沒錯，所以哥哥你就放一百個心吧。以前在天界時，阿湘也會偷偷弄些危險的藥，讓我們在沒注意的時候吃下。」藍采和笑著補充。

既然兩名年少仙人都是自願參加活動，川芎吐出一口氣，在薔蜜眼神的驅使下，認命地站起來，走到電燈開關前。

「好了，要麻煩大家準備將食材扔下了。」

薔蜜用大湯匙敲下鍋子邊緣，作爲提醒的訊號。

「川芎同學，也麻煩你了。一、二、三——」

當「三」字逸入空氣的剎那，客廳裡立刻燈光全暗，黑暗包圍四周，只聽到高湯咕嚕咕嚕地滾著，以及一些窸窸窣窣的聲音，聽起來像是從袋子裡取出食材。

驀地，川芎耳畔忽然捕捉到另一道聲音。

「嗚……我好哀怨啊……」

那是一道悲切幽怨的哭聲。

是誰！川芎心裡一驚，反射性打開燈。

沒料到燈會這麼快亮起，還來不及放完食材的三人加一蘿蔔都嚇了一跳。他們先是下意識閉眼，接著全詫異地望向林家長男。

「哥哥，怎麼了嗎？你怎麼這麼快就開燈了？」藍采和不解地代表其他人問道。

「抱歉，我剛好像聽到……」話說到一半，川芎的眼銳利一瞇，「喂喂，你們是往鍋子扔了什麼啊？感覺挺大的。」

距離加上角度，川芎看得不太眞切，只覺得鍋裡似乎有某個物體。

聽見川芎這麼說，藍采和等人立刻轉頭看向鍋子。

這一看——

「靠杯！這什麼啊！」

「咿！」

「夥伴、夥伴！有鬼啊！」

罵髒話的罵髒話，抽氣的抽氣，慘叫的慘叫，場面瞬間陷入一片混亂。

也不能怪眾人有此反應，因爲鍋子裡，居然冒出一顆半透明的人頭。

而在聽見阿蘿爆出的慘叫後，那顆人頭瞬間也睜大了眼，驚慌失措地跟著尖叫出聲。

「鬼！鬼！哪裡有鬼？救命啊！哪裡有鬼！」人頭飛了起來。

原來那不僅僅是一顆人頭，下方還連接著身體，只是因爲剛才被遮住，才會令人誤以爲只有一顆頭。

那其實是一名身穿花襯衫、腳踩藍白拖的半透明中年男人。

中年人慌張地飛到半空，不停緊張地東張西望。

「到底是哪裡有鬼啊？是誰要跟我爭地盤？一個家有一名幽靈就夠了！」

同時間，還有另一道哭叫自樓梯上傳來。

「小藍主人，我被踩了！嗚嗚嗚……我這次是被鬼針和茉薇一起踩過去了啊！」

一抹矮小身影乒乒乓乓地從二樓衝下，紫色大眼蓄滿淚水，清秀的小臉上爬滿淚痕。

黑髮紫眸的男孩淚奔地撲向藍采和，然後悲痛地放聲大哭——籃中界今天沒設結界，所以他才能跑出來哭訴。

林家大宅的客廳裡，現在更吵、更混亂了。

有人捏緊了拳頭，臉色鐵青，額角迸躍出明顯青筋。

下一刹那，川芎終於忍無可忍地破口大罵：「他媽的統統給我安靜！」

宛如落雷砸下的這一吼，馬上讓中年幽靈跟小男孩駭得閉上嘴。

客廳裡總算恢復安靜。

「馬可先生，請你先坐好吧。」從頭到尾異常冷靜的薔蜜抬起頭，用冷靜的聲音說。

原名「約翰」、眞實身分是寄居林家地下室的中年幽靈嘴唇顫抖，眼眶冒出豆大淚珠。

「爲什麼……爲什麼我難得出場一次，你們還要欺負我這可憐的大叔！」約翰悲憤交加地痛哭出聲，「太過分了！太過分了！這種最新欺負大叔的手法眞是太陰險了！嗚嗚嗚，我要排擠你們！」

抓起桌上的一把衛生紙，約翰用力擤了下鼻涕，隨即飛快地衝回地下室，半透明的身影一下子穿過門板，消失得無影無蹤。

「麥克那傢伙，到底是出來幹什麼的？」川芎受不了地咂了下舌。

——其實那傢伙的名字是約翰。

「相菰，你先別哭，籃中界發生什麼事了嗎？」藍采和伸手拍拍懷中男孩，後者抬起頭，依舊淚眼汪汪。

「嗚，小藍主人……」

與阿蘿同爲藍采和的植物，原形爲三色菇的相菰吸了吸鼻子，抽抽噎噎地說道：「鬼針和茉薇又在籃中界打起來了，我我我……我只不過是站得近一點，就被他們踩過去了啊！」

說著，相菰忍不住又悲從中來，眼淚滴滴答答地墜下。

「哎呀，他們倆又打起來了哪。」何瓊低呼道。

「唔，要打就讓他們打去吧。不過萬一他們敢打到哥哥家裡面……」

藍采和望著二樓，唇邊綻放純良無害的微笑。

「老子鐵定會嗶掉他們的呢。」

看著自己主人笑容可掬的模樣，阿蘿和相菰嚥嚥口水，雖然不知道那個「嗶掉」指的是什麼，可是總覺得好可怕啊！

「喂，張薔蜜，你們的火鍋大會還開不開？我杵在這很久了。」再站下去，川芎都覺得自己像呆子一樣了。

「火鍋大會？」聽聞這個名詞，相菰止住淚水，他好奇地睜大眼，看看擺在桌子中央的大鍋子，再看看藍采和等人。

「相菰有興趣嗎？」身爲舉辦人的薔蜜露出淡淡的笑，「火鍋就是要人多才好吃。不過這火鍋有點不一樣，待會兒川芎同學會把燈關掉，大家再放進材料，之後如果撈到什麼，都得吃掉才行。」

相菰其實並沒有聽得很仔細，他盯著薔蜜的臉，雙頰陶醉地泛紅。旋即又注意到自己的失態，趕緊害羞地捂住臉，但也不忘用力點頭，表示自己願意參加。

川芎望見相菰臉紅的一幕，他完全不想對此做出評論。姑且不管種族問題，喜歡熟女的相菰跟喜歡中年大叔的薔蜜，永遠不可能兜在一起的。

「你們幾個，剩下的東西準備好，五分鐘後我就要開燈了。」川芎吩咐道，接著他再次關掉電燈。

偌大客廳裡又變得黑漆漆的，但也不至於伸手不見五指，大家仍能看見鍋子在哪裡，不時還響起交談聲。

「小瓊，妳放了什麼進去呀？」

「這是祕密哪，小藍，不過吃了絕對不會拉肚子的。那你呢？」

「唔，我的應該也不會啦，我昨天跑去阿景工作的地方買的。」

「夥伴，這次你就看俺好好發揮吧！俺準備的可是頂尖到不能再頂尖的食材！」

「糟糕了，我想不出能放什麼……薔蜜大人，妳喜歡香菇嗎？」

「嗯，喜歡啊。」

「那那那，妳喜歡年紀小的嗎？妳喜歡以後生男還是女？我覺得一男一女最適合……」

相菰一連串偏離火鍋食材的問題還沒問完，就被另一道溫和男聲蓋去。

「眞的很香呢，光聞就覺得相當美味。」

然而這道男聲，並不屬於藍采和或阿蘿，也跟約翰沒有關係，當然更不是川芎。

一時間，所有人愕然沉默了。

川芎不管五分鐘到了沒，當機立斷打開燈。

然後，今年二十歲的林家長男徹底啞口無言。

一、二、三、四、五，原本擠著四個人的沙發上，現在變成五個人。

多出來的一人就坐在單人沙發上。那是一名斯文俊雅的男子，戴著單邊眼鏡，長髮綁成一束蓬鬆的辮子，臉上掛著令人如沐春風的溫和笑容。

看見這名男子，其餘人也無言了，數雙眼睛內全寫著吃驚。

「阿……」藍采和張下嘴巴，緊接著不敢置信地跳起來，「阿權？等一下，阿權你是什時候來的？爲什麼你會無聲無息地坐在這裡啊！」

「這個嘛，其實是大門沒鎖，我就進來了。不好意思啊，川芎，因爲看到你們好像在辦什麼有趣的活動，就沒有出聲打擾。」被稱爲「阿權」的男子眞摯地道歉。

「不，是沒關係啦……」男子誠懇的表情令人氣也氣不起來，況且川芎本就不生氣，他認識面前的男子。

男子複姓鍾離，單名一個權字，更廣爲人知的別稱則是「漢鍾離」——八仙中的漢鍾離。

「鍾離大人。」一瞧見鍾離權，相菰連忙從沙發上下來，他單腳屈膝，雙手抱拳在額前，恭恭敬敬地行了個禮。

「不用這麼多禮的，相菰。」鍾離權笑咪咪地說，「你們是在煮火鍋嗎？外表看起來眞有創意呢。」

創意？乍聞這個形容詞，藍采和等人迅速將注意力從鍾離權身上移向鍋子。

然後，所有人又沉默了。

薔蜜用手指輕按著額，無力嘆息。何瓊半掩著嘴，像是要把驚呼聲遮住。藍采和臉上雖然掛著笑容，但只要仔細一觀，就能發現他眼裡笑意全無，甚至還帶上了猙獰。

「咦咦？這火鍋有哪裡不對嗎？」唯有相菰滿臉困惑，來回地看看眾人，又看看鍋裡。

「哪裡不對……」

川芎大步地走來，咬牙切齒地擠出話，臉上肌肉抽動。

「根本就是完全不對了啊混帳！這是哪門子的火鍋？湯頭變巧克力色就算了，誰來告訴我……爲什麼湯裡還有一堆會讓人昏迷的紫色蘑菇與一根和妨害風化物沒兩樣的裸體蘿蔔！」

川芎最後一句可說是連氣也沒換上一口地吼，配上他險惡的表情，嚇得原形是三色菇、能變出紅黃紫三種蘑菇的相菰登時畏怕地一縮肩膀。

沒錯，在幾分鐘前還稱得上清澈的火鍋湯底，現在變成了濃稠的巧克力色。除了載浮載沉著一些還讓人認得出的食材外——例如一整根蔥，沒有切塊的章魚，還帶著半邊皮的蘋果等等——表面上漂著大量鮮艷的紫蘑菇，中央還有一根人面蘿蔔蹺著二郎腿，浸泡在裡面。

幹！這已經超越黑暗火鍋了，叫魔女的大釜還差不多吧！川芎臉色青到不能再青了。

「川芎大人，你這話就錯了！蘿蔔原本就是裸體的，而且俺才不是什麼妨害風化物！」鍋子裡的阿蘿挺起胸膛，無比驕傲地說道：「俺泡過的湯可是超頂尖的濃縮精華……」

「我聽你在靠杯啦！」藍采和直接一把揪起那串蘿蔔葉，迅雷不及掩耳地將阿蘿扔甩出去，「老子說過多少次了，鬼才會對你的洗澡水有興趣！」

在藍采和驚人的怪力下，阿蘿高速撞上牆壁，在上頭留下一個蘿蔔形狀的坑洞後，接著緩緩滑落到地上。

「蘿蔔國……萬歲……」用盡剩餘的力氣，阿蘿顫顫地舉起小短手，呻吟了一聲後，手一垂，頭一歪，昏了過去。

「不好意思啊，哥哥，我沒想到阿蘿會……呃，哥哥？」

發現川芎的臉色仍陰沉得不得了，藍采和狐疑地瞅著他。下一秒，飛快地轉頭看向牆壁，差點跳起。

「唔啊！對不起，哥哥，我不是故意把牆壁……咦？不是這個嗎？所以到底是……」

發現川芎的視線其實是落至那鍋外表堪稱「新奇、創意」的火鍋上，藍采和小心翼翼地又問一次。

「我在想……」林家長男表情嚴肅，眉頭緊皺，「這玩意眞的能吃嗎？應該說，吃了眞的不會死人嗎？」

這實在是一個好問題。

一般的黑暗火鍋吃下肚，最多只會異常熱絡地與馬桶交流感情。可是眼前這呈現濃郁咖啡色，上頭浮著大量紫色蘑菇，更別說剛剛還浸泡過一根人面蘿蔔的火鍋，如果吃下去……似乎、可能、好像，非死不可了。

「川芎大人，這你就錯了！」相菰忽然舉手抗議，「雖然我的蘑菇可能有那麼一點點點點不適合人類吃，但它們煮出來的湯頭絕對是無害的！我可以用我對薔蜜大人的愛保證！」

剛聽前半段，川芎差點就想吐槽了。吃了會昏迷的蘑菇，最好是只有「一點點點點」不適合人類。不過相菰的最後一句，倒是令他摸摸下巴，覺得可信度還挺高的。

畢竟相菰是拿他對薔蜜的愛來發誓，而不是像某根蘿蔔，只會拿自己的腿毛來立誓。

「既然存疑，就要親自體驗。這是上禮拜『驚奇！你所不知道的超自然世界』說的。」

平靜淡然的女性嗓音響起。

川芎下意識循聲轉頭，立刻被薔蜜塞了個小碗。

川芎一愣，低下頭，再火速地抬起頭。

「慢著，張薔蜜！妳是認眞的嗎？」川芎努力掩飾心中的驚恐，他不敢置信地瞪著在不知不覺間替所有人盛好湯的青梅竹馬。

「沒有好奇心，人是永遠不會進步的，川芎同學。」薔蜜一推眼鏡，堅定的眼神顯示她絕非開玩笑。

「放心好了，川芎大哥。相菰的蘑菇只要不吃，就不會有事。」手上也分到一個小碗，何瓊對林家長男露齒一笑，甜美的笑靨令對方心臟控制不住地怦怦直跳。

「沒錯，川芎大人，更何況有俺親自加持……」癱在地上的阿蘿似乎回復意識，它顫顫地撐起上半身，「絕對是美味無……唔噗！」

藍采和一記抱枕扔去，瞬間滅了阿蘿的音。

川芎死死瞪著手上的不明液體——他實在沒辦法承認這是一碗湯——要說心中沒有猶豫是騙人的，萬一、萬一眞的出了什麼事，他寶貝的小莓花要怎麼辦！

「川芎同學，是男人就要拿出魄力。」薔蜜伸手輕搭川芎的肩膀，「我知道這樣說還是沒辦法讓你下定決心。不然這樣好了，你的下一本番外，字數可以不用像上次那麼多，而且截稿日我也可以幫你延後。」

乍聞此言，川芎的眼神剎那變了。

「張薔蜜，妳說眞的？」川芎雙眼中彷彿有火焰在燃燒。

「如果你不相信我，可以拿林輩的下半身來發誓。」流浪者基地出版社的小說部之首微微一笑。

或許是被「字數減少」跟「截稿日延後」這兩個夢幻詞彙魅惑——天知道要從薔蜜口中聽見這兩個詞，多麼不容易——川芎全然忽略了他的責編，是拿公司同事來發誓。

他豁出去地一點頭，再抬頭望著都端著湯的眾人。

藍采和笑意吟吟，何瓊露出可愛的小酒窩，相菰掩不住興奮好奇，鍾離權仍是一派溫雅姿態。

不知道爲什麼，川芎忍不住多盯了鍾離權好幾眼，他覺得自己好像忘記了某件極爲重要的事，但一時又想不起來。

揮去心中的奇異感，林家長男閉上眼，義無反顧地喝下一大口湯。

所有人都喝下了湯。

咕嚕。

然後——

川芎猛然睜開眼，臉色從青轉白，再從白轉青，他迅速捂住嘴，表情扭曲得接近猙獰。

這是什麼！這種甜到根本要殺人的東西是什麼！

事實上，除了還在一口口喝著湯的鍾離權之外，其餘人的表情都和川芎差不多。

相菰甚至「咚」的一聲直接昏倒了。

就連素來泰山崩於前而色不變的薔蜜，也整個人動搖了。

「好……好甜甜甜甜！靠杯啦！這到底是……嗚！噁！」藍采和第一個跳起來，他摀著嘴，拔腿就要衝向廁所。

一隻纖細手臂自後牢牢扣住藍采和的肩膀。

藍采和下意識回頭。

「不好意思了，藍小弟。」

「薔蜜姊？」藍采和愣了下，但也就是這個空隙，薔蜜馬上越過他，直接奪走一樓廁所的使用權。

就算藍采和天生怪力，也不可能在有人使用廁所時拆了門。

既然如此，少年仙人的視線飛快鎖定二樓，只是這回也殺出一個程咬金。

「小藍，就算我們感情好，我也不會讓給你的！」何瓊抓住藍采和的手腕，俏臉蒼白，另一手則抓住一張宛如國民身分證的卡片。

那是仙人用來解除乙殼狀態的乙太之卡。

「吾之名爲何瓊，現在要求解除乙殼封印！應許・承認！」

「我也不會輸給妳的，小瓊！」

藍采和眼神凌厲，沒被抓住的另隻手也立即取出乙太之卡。

「吾之名為藍采和，現在要求解除乙殼封印！應許．承認！」

粉色光華和水藍光芒瞬間大熾，籠罩了半邊客廳。

爲了搶奪二樓廁所，同爲八仙的何瓊與藍采和開打！

沒有理會那可能拆了自家的仙人之爭，老實說，川芎現在也無暇理會了。他的視線越過早已昏死的相菰，落在仍然悠閒自得、繼續進攻下一碗的第三位仙人。

川芎使盡力氣，顫顫地開口，「鍾離先生，你在方才關燈時……加了多少糖進去？」

鍾離權舀湯的動作頓了頓，他望著面無血色、嘴唇甚至泛青、泛紫的林家長男，露出溫和儒雅的笑容，「我想說這能讓火鍋更加美味，所以我倒了三大包的特級砂糖進去哪。」

川芎眼神絕望，總算知道自己方才遺忘了什麼。

鍾離權，八仙之一，別名漢鍾離，最大的嗜好是甜食。認爲甜食乃人界最偉大的發明，幾乎吃任何東西都要加糖加糖再加糖。曾有過五天只單吃甜食的紀錄，在天界榮登「最不想跟他吃飯」排行榜的第二名。

再也承受不起口中那殺人般的甜膩滋味，川芎眼一閉，加入了昏迷的行列。

於是，以下就是今日黑暗火鍋的戰績——

三人跑廁所，兩人昏迷，僅有一人安然無事。

〈黑暗火鍋大會〉完

不給糖就搗蛋

「不給糖就搗蛋！」

川芎打開房門的瞬間，甜軟稚氣的聲音無預警地冒出。

林家長男一怔，然後下意識循聲低下頭，映入眼中的是一張白裡透紅的可愛臉蛋，微捲的蓬鬆髮絲被壓在一頂高高的黑色尖頂帽下。

彷彿對兄長沒有反應感到不滿，莓花鼓起臉頰，踮高腳尖，努力地再大聲喊一次。

「葛格，不給糖就搗蛋！」

這次川芎總算有了反應。

「太太太太可愛了！」川芎蹲下身，猛力一把抱住戴著尖帽子、披著小披風，裝扮成小魔女模樣的妹妹，「我家的莓花果然是全世界最可愛的！」

「不對啊，葛格，不對啊！」莓花連忙猛拍川芎的肩膀，「你應該要給莓花糖果或是讓我搗蛋呀！不過要怎樣算是搗蛋？」

說到最後，莓花反倒陷入困惑。是要早上賴床嗎？還是不乖乖喝牛奶？或者或者，洗完頭髮不吹乾？

渾然不知道妹妹心裡所想，川芎趕忙在身上摸索，看能不能摸出什麼餅乾糖果。

不過摸著摸著，川芎的動作忍不住頓了一下。

「等一下。」川芎終於發現不對勁，「現在不是在放暑假嗎？萬聖節還沒到吧？」

這點川芎很確定，他昨晚才跟責任編輯敲定下一次短篇的截稿日，絕不可能記錯時間。

「是啊，萬聖節還沒到呢，哥哥。」另一道聲音加入。

川芎抬起臉，見一名少年探頭進來。

比常人還要蒼白的膚色，瞇起來像是彎彎弦月的墨黑眼睛。這不是藍采和又會是誰？

問題是，怎麼連這人也戴黑色尖帽，背後還披著黑披風？活脫脫跟他家莓花相同裝扮。

「……你也知道萬聖節？」川芎慢了一拍才總算想起這個問題，他狐疑地瞇起眼，上上下下地掃視眞實身分是八仙之一的黑髮少年，「你不是神仙嗎？」

「神仙也要學習新知識呢。」藍采和笑咪咪地說，「哎，其實是小莓花跟我說萬聖節的。剛剛在整理東西時，發現了黑帽子跟黑披風，雖然十一月還沒到，但想說先體驗看看氣氛也好嘛。」

「還體驗氣氛呢……」川芎沒好氣地給藍采和一個白眼，雙手還是摟著寶貝妹妹，「你說整理東西，那東西整理完了沒？不要跟我說你就這樣扔著不管了。」

藍采和臉上瞬間浮現一個「糟糕」的表情。

川芎可以用阿蘿的腳毛發誓，這據說是他們家幫傭的小子，鐵定是工作只做一半。

「去。」川芎說了一個字，他抱著莓花站起，不等莓花替藍采和求情，說出剩下的句子，「把沒做完的工作做好。」

藍采和抓下尖尖的黑色帽子，乖乖點頭，溫順的眉眼間似乎隱隱含著一絲失望。

「然後。」

藍采和又聽到川芎說話了，他下意識頓住腳步。

「然後。」川芎繼續說，「等到萬聖節，我們可以再盛大一點地慶祝。莓花喜歡這種節日，噢，我想她會非常期待鍾離的到來。」

藍采和忍不住笑了，他揚起唇角，可以想像鍾離權大方地發送身上糖果的模樣。

「所以……你們那時候還會在吧？你跟小瓊。」

藍采和回過身來，望著林家兄妹，對他來說已經是如此重要的人類朋友。

年輕的仙人笑了，誠摯而衷心地說著：

「會的唷，哥哥，我們可以一起慶祝萬聖節、聖誕節還有更多節日。聽說聖誕節會有一個穿紅衣服、戴帽子的老人從煙囪爬下來，然後只要蓋他布袋就可以得到禮物了，對嗎？」

川芎的微笑僵住。

「打越凶，禮物會掉越多嗎？」

川芎表情扭曲。

「哎哎，哥哥，還是我去找景休和阿權過來？別看他們都是大人了，他們也很喜歡收到禮物呢。」

川芎的額角終於忍無可忍地爆出青筋。

「閉嘴，去工作！不要在這裡跟我討論謀殺聖誕老人的計畫——」

〈不給糖就搗蛋〉完

情人節

「梅麗克里斯美斯！」

一大早，當川芎一打開房門，面對的就是這句興奮大喊還有一抹白影的衝撞攻擊。

川芎連閃也沒閃，直接將拿在手上的雜誌，像打蟑螂似地狠狠揮拍下去，動作是如此地快、狠、準，完全沒有留情。

瞬間就聽聞「唔噗」外加「咚」的一聲，那抹原本想撲上川芎胸膛的白影，臉朝地、四肢開開地趴在走廊地板上。

「什麼克里斯美斯的……鬼才聽得懂你在說什麼。」川芎看也不看地上的白色物體，就這麼大步地踩過去。

二樓走廊上立刻響起一陣悲愴的尖叫。

「不要踩！不要踩啊！川芎大人，俺的內臟臟臟臟會噗啾地全部跑出來呀！」

那尖叫吵得川芎只想捂住耳朵，他才剛收回腳，原本宛如在瀕死抽搐的白色物體卻剎那間蹦竄起來，一把抱住他的大腿。

川芎居高臨下地俯望那根死抱自己大腿不放的蘿蔔。

對，蘿蔔。

有著翠綠葉片和白胖身體，與超市賣的蘿蔔唯一不同的是，它有手有腳有臉，還有糾結的腳毛。

不像一般人看見人面蘿蔔會露出驚恐表情，川芎眼神冷酷，彷彿在考慮要不要將這根蘿蔔從二樓扔到一樓算了。

「哎？哥哥，發生什麼事了嗎？我剛好像聽到阿蘿的慘叫……」一道澄澈似流水的嗓音自下方響起。

川芎與他腿上的蘿蔔同時望向一樓客廳，一名繫著圍裙的少年正仰頭望著他們，蒼白的膚色將秀淨的眉眼襯得更加墨黑。

少年身邊還站著一名小女孩，同樣繫著小圍裙，蘋果臉頰、圓亮眼睛，模樣說有多可愛就有多可愛。

「喔，夥伴！你穿圍裙也超有男子氣概的！而且還和小姑娘是情侶裝呢，都是小熊圖案！」阿蘿對底下的藍采和比出大拇指。

這話聽在擁有重度戀妹情結的川芎耳裡，可就有那麼一點刺耳了。尤其在他看見自己的妹妹害羞地紅了臉，大眼睛盛滿星星般地偷望藍采和的時候。

那種弱不禁風、似乎風吹就會暈倒的傢伙到底哪裡好了！

當然，川芎不至於這樣大罵出來，他可不想讓那名最痛恨有人說他「沒男子氣概」的少年在受到刺激之下，用與生俱來的可怕怪力衝動地拆了他家。

「誰跟你說那是情侶裝？」林家長男板著臉，斬釘截鐵地說，「那兩隻熊分明就不一樣，一個是婕森，一個是芙萊荻，差很多好不好？」

「咦？差、差很多嗎？」莓花可愛的小臉立刻失落地皺起，眸裡星星光芒也熄去大半。

川芎頓時有些慌了，他雖然不喜歡見到妹妹愛慕的視線黏在藍采和身上，但更不願見她露出失望或難過的表情。

「不，也不是……莓花，沒有差很多，最多就差一個有戴面具，一個沒有，但兩隻都是熊嘛。」川芎笨拙地補救，總算成功讓莓花重新露出笑容。

見狀，川芎鬆了一口氣，接著他感覺到有誰拍了拍他的大腿，他低頭一看。

「做哥哥的眞是辛苦哪，川芎大人。俺了解，不用說，俺都了解。」阿蘿語重心長地嘆息道。

川芎並不想一根蘿蔔來安慰自己，不客氣地掐住阿蘿，將它拔離自己的大腿。

「信不信我直接把你扔到樓下去？」他冷笑，凶惡的眼神顯示沒在開玩笑。

「哥哥，我可以幫你補一腳。」藍采和笑咪咪地插話。

阿蘿本來還氣定神閒的，它的身體硬度堪比超合金，就算扔下去也不會有事。但如果被藍采和用怪力踩上一腳……

「川芎大人，求求你不要將俺扔下去！」阿蘿眼睛迅速浮上霧氣，「要是被夥伴一踩，俺一定會到對岸的小花園，和俺的爺爺、奶奶見面……所以求求你千萬不要！梅麗克里斯美斯！梅麗克里斯美斯！」

「你這根蘿蔔到底是在唸什麼咒語？」又聽見這句話，川芎忍不住擰起了眉。

「梅麗……克里斯美斯？」莓花也聽見了，困惑地歪著小腦袋，滿臉不解。

「咦？難道俺發音錯誤了嗎？俺還以為俺的發音很標準耶。」阿蘿也愣了一下，它用小短手搔搔臉，「就是那個啊，川芎大人。生蛋節不是都要喊這一句？這樣不管做什麼事不是都會被原諒？」

啥生蛋節？全國母雞的公定慶祝日嗎？川芎眉毛越皺越緊，可很快地，他將兩者串聯起來。

生蛋節……梅麗克里斯美斯……

「靠，生你的大頭，人家明明就是聖誕節！」川芎這句話不敢罵得太大聲，以免被莓花聽到，帶來不良示範，「而且哪是什麼梅麗克里斯美斯？好好一句Merry Christmas被你說得像魔女的咒語。」

「欸欸欸欸？這麼說是俺搞錯囉？」阿蘿不敢相信地捧住臉，「俺明明就對學習外語超有自信的啊！怎麼會呢？怎麼會是錯的？」

「你錯得最離譜的不是這個。」川芎挑眉冷笑，他抓著阿蘿大步地走下樓梯，「你給我好好地看清楚了，你這根完全搞錯季節的蘿蔔！」

還來不及問自己又做錯了什麼，阿蘿就被林家長男一掌貼上牆上掛著的日曆。

阿蘿覺得自己英俊的臉都要被壓扁了，它奮力用兩隻手臂在自己與日曆之間撐出空隙。它認真地盯著大大的紅色數字，怕自己無法領悟出什麼深奧的大道理，還特地左看右看上看下看，甚至扭過身子來個倒掛金鉤看。

最後阿蘿扭回頭，睜大它一雙小眼睛，用正直、正氣、正義凜然的語氣說：「報告川芎大人！今天是二月十四號有啥米不對嗎？」

「什麼不對……聖誕節是十二月二十五號，去年底就過完了！」川芎黑著臉罵道：「今天是情人節、情人節！你的時間是比其他人慢兩個月嗎？」

「川芎大人，咱們蘿蔔的時間流動都是很隨性的。」阿蘿一臉認眞。

「聽你在鬼扯。」川芎鬆開了手，不想再理這根弄錯節日的蘿蔔。沒想到一轉身，就撞上了一雙閃閃發亮的黑眼睛。

不是莓花，是藍采和。

「哥哥，你剛說情人節？能不能詳細一點告訴我？」藍采和雙手交握在臉下，興致盎然地問道：「是怎樣的節日？只有情人才能過的節日嗎？哎，一定得是情人嗎？喜歡的人行不行？那個啊，我想跟莓花、哥哥還有薔蜜姊一起過耶。」

「我絕對不跟張薔蜜那女人過。」川芎一聽到某個熟悉的名字，立刻反射性拒絕。開什麼玩笑，誰想在這種節日跟自己的責任編輯共度一天？尤其在稿子還沒交出去時。

「不，等等……先不管薔蜜。」川芎總算反應過來面前的少年說了什麼，「爲什麼我跟我家莓花一定得跟你這小子過？」

「別這樣說嘛，哥哥。啊，我們還可以找小瓊……喔，天啊！」藍采和在說出名字後，像是猛然驚覺到什麼，低呼一聲，本就蒼白的臉更是褪去血色。他慌張地轉頭往樓上望去，屏著氣地瞪著某扇閉掩的房門。

好一會兒後，藍采和才終於鬆口氣，緊繃的肩膀鬆懈下來，拍了拍胸口，「玉帝在上，幸好沒吵醒她。我居然忘記小瓊今天沒出門，還在房裡睡呢。」

「小瓊她……還在睡？」川芎也放輕了聲音。

「是呀，她有時候會睡得比較晚。呼，剛剛眞是幸運，看樣子她應該睡得很熟，否則阿蘿那聲尖叫早就讓她翻臉抓狂了。」

「咳嗯，要是跟小瓊的話……」川芎的語氣在提及何瓊時，不自覺多了柔軟，那是和他提及自己妹妹時完全不一樣的情感。仔細觀察，甚至還能發現他面上微紅。

林家長男對那名少女仙人抱持著一定程度的好感，這已經不是什麼祕密了。

「不過川芎大人離春天還有段距離啊，誰教何大人接收電波的頻道收訊不好。」阿蘿摸摸疑似下巴的部位，「噢，不過比起呂大人好太多了，那位大人已經確定是場外全壘打。」

阿蘿說的呂大人，其實就是八仙中的呂洞賓。暗戀何瓊千年，不過何瓊對他沒意思也不是什麼祕密，只有當事人至今仍堅決不肯承認這事。

「阿蘿你很吵耶，不要在那嘀嘀咕咕的。」藍采和輕踢了人面蘿蔔一腳，隨即將全副注意力擺回林家兄妹上。他重新漾起眞摯的笑容，眼眸彎彎如夜空弦月，「哪哪，哥哥你還沒告訴我關於情人節的事。有什麼要特別準備的嗎？這是我第一次過人界的情人節呢。」

「莓花……莓花知道。」林家么女小小聲地說，手指對戳著，她偷偷瞥了一眼最喜歡的小藍葛格後，又迅速垂下眼，小臉泛紅，看起來像紅通通的蘋果，「要、要準備巧克力……」

「巧克力？」藍采和笑容可掬地蹲下身，「莓花，爲什麼要準備巧克力呢？」

「因爲情人節……」莓花害羞得滿臉通紅，少年的笑容對她來說殺傷力太過強大。可是爲了能在對方面前有所表現，她仍是努力地抬起頭，大聲地說，「因爲情人節，就是要送喜歡的人巧克力！」

話才剛喊完，莓花就發覺藍采和靠得好近，她呆了呆。

一秒、兩秒，莓花的臉蛋炸成一片艷紅。阿蘿都覺得它聽見了自爆的聲音，在它感嘆「噢，這就是青春」之際，莓花彷彿心臟再也負荷不了，她跑到川芎身後，將小臉埋進他的背。

「呃，我做錯了什麼事嗎？」藍采和蹲在原地，不知所措地刮刮臉。

「不，你什麼事也沒、做、錯。」川芎語氣加重，顯示他其實不這麼認爲，不過他也只是伸手摸了摸莓花的頭髮，再睨向藍采和，「聽好了，藍采和。情人節就是送巧克力給心上人的節日，但是送給想感謝的人或朋友也行。」

「喔喔，原來是這樣的嗎？」藍采和整張臉亮了起來，似乎已在瞬間擬出好主意。只是他還沒來得及提出任何意見，手機便突然響起。

藍采和被嚇了一跳，趕忙掏出手機，就怕手機鈴聲吵到還在睡的何瓊。

當藍采和看見螢幕上的來電顯示姓名，他愣了一下，但還是迅速接起。
「對，我就是，怎麼了嗎？」
「咦？現在過去？確定得現在嗎？」
「唔，我知道了，我這就過去。」
不知手機另一端說了什麼，只見藍采和的表情從詫異變成狐疑，再轉爲若有所思，最後他給了對方一個承諾。
掛掉電話後，藍采和滿懷歉意地望著川芎，「不好意思，哥哥，方奎有事找我，還挺緊急的樣子。」
方奎？川芎訝異地挑高眉毛。他也認識方奎，對方是藍采和在人界認識的朋友。他覺得奇怪的是，方奎在情人節打電話給藍采和幹嘛？那小子不是應該和女朋友一起過嗎？
納悶歸納悶，川芎卻也懶得追問，「算了，你就去吧，別弄得太晚回來了。」
「了、解。」藍采和露齒一笑，伸手擺出敬禮的手勢，「阿蘿，去幫我把籃子和背包拿下來。」
「俺收到啦！」阿蘿立即竄往二樓，奇快無比地衝進房間再衝出來。嫌走樓梯麻煩，乾脆翻過二樓圍欄跳下，中間還露了一手華麗的五迴旋。
「咚」的一聲，阿蘿站在客廳地板，雙手平舉，挺胸縮小腹，覺得自己的姿勢完美無比。

可惜藍采和無暇欣賞，他扯下圍裙，抓起阿蘿，將它塞進包包裡，再揹起包包、提著籃子向川芎與莓花道別。

待藍采和出門，川芎抹了把臉，他瞥向牆上的日曆，盯著那大大的數字十四，接著再抬頭望向二樓。

川芎似乎決定了什麼事。

「莓花。」他揉揉妹妹的頭髮，瞧見那張小臉抬起後，他比了比大門，「要不要跟哥哥去買巧克力？我們可以送給一些人。」

「要！」莓花精神十足地開心回道。

客廳再少去林家兄妹的身影，整棟屋子頓時變得冷冷清清。

可就在下一刻，一扇緊閉的房門突然被打開來，披散著長髮的美麗少女走出。

緊接著又是一道開門聲。

何瓊下意識往聲音來源望去，見一抹矮小身影從房裡走出，她嫣然一笑，「早安哪，果果。」

被稱作「果果」的小男孩看也沒看對方一眼，更別說對她的話做出反應，他光著腳丫子，自顧自地下樓。

何瓊也不生氣，畢竟千年來她早熟知對方的性格——被人叫作「果果」的張果，是八仙中最難相處的一位。他我行我素，總是冷眼旁觀一切人事物，是認識了川芎之後才稍微有一些改變，目前也是這個家的長住房客之一。

「果果，你有聽到川芎大哥說的情人節嗎？」何瓊毫不氣餒地又問。

這一次，小男孩確實停下了腳步。他轉過身，俊秀的小臉面無表情，清冷黑澈的丹鳳眼直勾勾地看著少女。

「我也想送川芎大哥他們巧克力作為感謝。」何瓊剛才在房裡其實已經醒了，川芎和藍采和他們的話她聽了大半，「果果，你有要送嗎？我可以幫你買唷。」

張果沉默了好一陣子，接著他冷冷淡淡地說，「……我自己買。」

何瓊似是不覺意外地綻露微笑，漂亮的貓兒眼跟著瞇起，「知道啦，那我們就分頭行動吧。」

頓了頓，何瓊又出聲喊住欲離去的張果。

「對了，果果，記得帶手機，有問題就打給我。」

張果冷望著巧笑倩兮的少女，他哼了一聲，卻也沒反駁。他知道對方指的「有問題」是什麼——

張果的方向感相當差，簡單來說就是路痴。

藍采和花了半小時終於趕到方奎家，這還是他第一次拜訪方奎的家。

確認門牌號碼正確無誤後，他伸手按門鈴，同時掛起溫和的笑容。到朋友家拜訪，當然要給對方的家人好印象才行。

門鈴按下沒多久，就聽見大門後傳來有些急促的跑步聲。下一剎那，大門打開，探出一張清麗的白皙面龐。

「咦？曉愁？」藍采和愣了一下，沒想到會在這裡見到方奎的女朋友。

「怎麼，你嚇了一跳嗎？」一頭俏麗鬈髮的少女俏皮地眨眨眼，她伸手一拉，也不聽藍采和回答，就強勢地把人拉進屋裡，「動作快點吧，藍采和，我和方奎可都很需要你。」

「哇！等一下，好歹跟我說說……啊咧？這個甜甜的香味……」一踏進方家客廳裡，藍采和就聞到一股熟悉的甜味，他訝異地停下腳步，再朝空中嗅了嗅，「這不是……」

「是巧克力啊，夥伴！俺絕對不會聞錯的，這就是巧克力的味道！」藍采和背上的包包突然翻開，阿蘿探出頭來。

「藍采和，我聽見你跟阿蘿的聲音……」廚房內鑽出一抹身影。向來給人知性、優等生印象的少年，此刻看起來有點狼狽。他身上繫著圍裙，上頭沾了不少深咖啡色或黑色的污漬，就連臉上的方框眼鏡也沾到一些。

「喔喔，同好啊！好碰友啊！」阿蘿一見到方奎，立刻熱情萬分地打招呼。

他倆都是「驚奇！你所不知道的超自然世界」節目的忠實觀眾，因此培養出深厚感情。

「唷，阿蘿、藍采和，歡迎來我家。」方奎露出爽朗的笑容，手指下意識地推推眼鏡，但他馬上哀號一聲，「噢，我又忘記我的手還沒洗……」

方奎無力地垮下肩膀，低頭看看自己的手指，上頭還沾著未乾的黑漬。方奎嘆口氣，他搖搖頭，緊接著重新振作，他注意到藍采和正好奇地東張西望。

「嘿，放輕鬆點，我爸媽他們不在。」方奎露出了笑，「你們也知道今天是什麼日子嘛，他們去過兩人世界了。」

「今天是情人節。」藍采和點點頭表示了解，他狐疑地打量方奎此刻的打扮，視線再移向余曉愁，「但是你們怎麼沒有出去慶祝一下？還有方奎你這樣子……」

「其實我是在做巧克力啦，穿這樣是怕弄髒。至於我和曉愁……」方奎聳聳肩，「我們天天都可以當情人節慶祝，不差這天，我們今天有更重要的事要做。」

「誰、誰跟你天天慶祝情人節。」余曉愁惱怒似地罵道，可明顯底氣不足，兩隻紅透的耳朵更是洩露出她真正的心情。

藍采和與阿蘿同時抬頭望向天花板，以免被那對情侶的粉紅光線和愛心泡泡閃瞎。

「好了好了，我們快進去吧，別浪費時間了。」渾然不知自己方才放出強力閃光，方奎拉著藍采和及余曉愁，半推半拉地將人帶進了廚房。

一進入廚房，比客廳濃郁數倍的巧克力味頓時撲鼻而來，甜得讓藍采和差點停止呼吸。

廚房桌上擺放著一堆模具和一大鍋巧克力醬，還有許多不同口味的巧克力磚尚未拆封，靜靜地躺在一角。

另一側角落的瓦斯爐上則擺著一個鍋子，正用隔水加熱的方法融化巧克力磚。

「我的天，方奎你和曉愁是要做多少巧克力？」藍采和目瞪口呆，他們這是要開巧克力工廠嗎？隨即他又發現到流理台那邊也堆了一些瓶瓶罐罐，共同特點就是內容物都爲紅色。

紅色？藍采和眨眨眼睛，一下子就猜出那是什麼。

「辣椒醬？不是吧，你們準備那堆辣椒醬是想做什麼？總不會是要加進巧克力裡吧？啊，等一下。」藍采和突然低嚷一聲，巧克力和辣椒的組合似乎令他聯想到什麼。

藍采和看著面前的眼鏡少年和鬈髮少女，他吐出一個人名。

「阿湘？難不成你們是想做辣巧克力送給阿湘？」

如果眞是這樣，那麼這一切都說得通了。

韓湘是與方奎和余曉愁同一所高中的朋友，可他同時擁有另個身分，他也是八仙之一，在人界被尊稱爲「韓湘子」。

目前以高中生身分留在人界的韓湘，在食物口味上異於常人。他嗜辣，非常非常地嗜辣，不管吃什麼都要加上大量辣椒，凡是放到他眼前的食物都紅到看不見原來的顏色。

「你說的沒錯呢，藍采和，我們就是想送給阿湘。」余曉愁皺皺俏挺的鼻尖，「要送的話，當然是送他會喜歡的。但我跟方奎試過七味粉、墨西哥辣醬、ＢＢ辣醬、芥末醬、辣豆瓣醬，味道都覺得不太適合。」

「試吃人可是我……」方奎的臉孔扭曲了一下，想到之前嚐過的可怕味道，「再吃下去，我的味覺就要壞死了，所以才想叫你……啊！阿蘿，那個不……！」

方奎瞥見阿蘿正偷偷摸摸地抓起一個已經凝固在紙膜裡的巧克力，不過他還是阻止得太慢了點，話還沒喊完，阿蘿就已經將巧克力丟進大張的嘴巴裡，然後——

「哇！好辣好辣！水水水！」阿蘿瞬間跳起，滿眼淚水，表情痛苦地衝到茶壺前，直接捧起來咕嚕咕嚕地瘋狂灌水。

「我想說那是有加墨西哥辣醬的。」方奎爲時已晚地把話說完。

「別理它，誰教它偷吃東西。它敢再犯，我就把那些辣椒醬都塞進它嘴裡。」藍采和毫不同情自家蘿蔔，而是笑咪咪地說出了可怕的威脅，「哎，所以你們找我來是想……」

「你和阿湘認識許久，一定知道他喜歡哪種口味吧？」方奎說出找藍采和過來的原因。

「放心，不會讓你白跑一趟的。」余曉愁也說，「剩下的巧克力磚可以讓你拿去用唷。如果你也想要送人，就可以順便做了。」

「眞的嗎？」藍采和大喜，他確實想送川芎他們巧克力，沒想到來這一趟能獲得大量免費材料，「阿湘的口味很簡單，就是辣……我知道你們知道這點，先聽我說完嘛。哪，只要你們做出辣到讓人想死的巧克力，阿湘一定會高興死的。不過你們爲何會想送他巧克力？」

「因爲我們倆能順利交往，多虧阿湘幫忙嘛。」方奎沒有隱瞞，他皺著臉，正糾結在另一件事上，「辣到讓人想死……喂喂，這還是食物嗎？」

「阿湘平常吃的算食物嗎？」藍采和反問。

方奎和余曉愁互望一眼，發現還眞無法反駁。

「不用擔心辣椒種類的問題。」藍采和忽然一笑，墨黑的眼睛笑得如月牙彎彎，他提高竹籃，「嘿，別忘了我是誰啊。」

藍采和是傳說中的八仙之一，他手上的籃子就是法寶。而他的籃子裡有多種植物，其中自然有辣椒。

「椒炎聽令，現在立刻出現在我面前！」沒有回復仙人姿態，藍采和直接以自己的聲音當作開啓籃中界結界的鑰匙。

當那道宛如流水般的聲音落入空氣，原先空無一物的竹籃子發生異變。白光自籃內迸射出來，籠罩大半間廚房，同時疾速竄出數道黑影。

黑影沾地瞬間立即化成三抹高矮不一的人影，其中兩人更是迅雷不及掩耳地出手。

阿蘿還不知道發生什麼事，就驚恐地發現自己竟被一條荊棘和一束黑影纏捲。

下一刹那，阿蘿整根蘿蔔凌空飛起。

「什……不要啊！救命救命！小藍夥伴——！」阿蘿淒厲的尖叫在它被粗暴地塞入籃中界後戛然而止，即使如此，明淨的廚房內似乎依舊殘留餘音繚繞。

阿蘿就這麼消失了蹤影。

目睹全程的方奎和余曉愁張著嘴，兩人發出意義不同的感嘆。

「哇……」

「喔……」

藍采和卻是太陽穴抽痛，他按著額角，無力地望著出現在廚房裡的三人。

沒錯，一、二、三，三個人。

「玉帝在上，我明明只叫了椒炎呀……」藍采和無力嘆息，看著面前的黑髮男人、金髮女人，以及紅髮少年。

這三人都是藍采和的植物。

黑髮、膚色蒼白、相貌英俊卻渾身狠戾之氣的男人，是原形爲鬼針草的鬼針；站在鬼針旁，容姿嬌艷勝花，並穿著鮮紅衣裙的女性，則是原形爲薔薇花的茉薇。

至於與兩人保持距離，方才未對阿蘿出手的紅髮褐膚少年，正是藍采和呼喚的椒炎。

「而且你們沒事把阿蘿塞進籃中界幹嘛？對，我就是在說你們兩個，鬼針、茉薇。」

聽見藍采和喊自己的名字，本來各抱著胸、背對對方，完全不想對上視線的兩人同時扭回頭。

「采和。」

「藍采和。」

茉薇與鬼針開口，發覺彼此同時出聲，兩人登時怒目對視，藍眸惱火、黑瞳冷厲。

「是我先開口的，我先跟采和說話。」茉薇揚高柳眉，挺胸怒視。

「閉嘴，妳沒聽到藍采和剛才先喊我的名字嗎？」鬼針冷笑，眼神傲慢睥睨。

「啊？你有種就再給老娘說一次！」

「怎麼，有人已經提早年老耳背了嗎？」

「鬼針你這王八蛋！我忍你很久了，今天絕對要宰了你！」

「嗤，怕妳嗎？」

男人和女人宛如雷電交鋒，劈啪作響，並且越演越烈，誰也沒留意到藍采和的笑容也越來越猙獰。

眼見兩植物眞的要在別人家廚房大打出手，藍采和的理智終於宣告斷裂，石破天驚的怒吼先他們一步響起。

「吵什麼吵？統統給我閉嘴！他×的是當老子死了嗎？」藍采和欲憤怒拍桌，不過在手掌眞正拍下之前，就被方奎和余曉愁奮力架住了。

「不能拍！你是想讓我被我爸媽打死嗎？」方奎焦急地嚷，他可沒忘記外表瘦弱的少年身懷怪力。要是整張餐桌都碎了，他要怎麼跟父母交代？總不能說是外星人入侵他家吧？

「藍采和，我可不准你造成方奎的困擾。」余曉愁板起俏臉，義正詞嚴地警告。

幸好藍采和尙有理智，也知道若被曹景休得知自己破壞物品，絕對少不了一頓嘮叨。

對藍采和而言，「曹景休」三個字就像超強的鎭靜劑，他立刻冷靜下來，大大地吸了一口氣，臉上掛著笑靨，但甩向鬼針和茉薇的視線冷酷得嚇人。

「想被我嗶掉的就繼續鬧吧。」藍采和笑吟吟地說，其中的冰冷怒意自然傳到了鬼針他們那裡。

鬼針和茉薇狠狠瞪了對方一眼，接著各哼一聲，背對背地轉過頭。

方奎嘖嘖稱奇。這是哪來的幼稚叛逆小鬼？

完全不搭理兩隻內鬨的同伴，椒炎上前一步，「藍采和，你叫我出來做什麼？有事就趕快交代，不要浪費時間。」

「啊，差點忘了。」面對幾乎不讓自己憂心的植物，藍采和語氣中的冷酷褪得一乾二淨，露出真正純良無害的笑容，「椒炎，我想要這世上最辣的辣椒，你可以弄來給我嗎？」

「什麼嘛，只是這種小事嗎？沒辦法，既然你都拜託我了。」椒炎仰高了臉，彷彿勉爲其難，但明眼人都看得出來，那張褐色臉龐微紅又帶著洋洋得意。

鬼針和茉薇同時在心裡決定，要痛揍這個老是奪去藍采和注意力的同伴。

沒發覺自己變成鬼針二人心中的黑名單，椒炎張開手，掌心立即浮現一株小巧辣椒。

「這眞的是全世界最辣的嗎？」余曉愁湊上前，有絲不相信。

「這是卡羅萊納死神辣椒，足以辣死你們，不信就試試看。」椒炎冷哼，他對誰都沒有好口氣，「處理時記得戴上手套和護目鏡。」

「信信信，我們當然信，也感謝你特別提醒。」方奎連忙拿過那株小巧的辣椒，他們與韓湘相約中午碰面，再不快點可會來不及。

既然需要的食材已經到手，藍采和瞥了自己的植物們一眼。雖然沒有眞的說出口，但他們的眼神中都明顯傳遞「不想那麼快回去」的訊息。

藍采和心一軟，「你們想回去就先回去，想待著就直接變成省電模式，不要佔人家廚房空間。」

「砰」的一聲，廚房裡的三抹人影瞬間由大變小，各盤踞在藍采和的雙肩和頭頂上。或許是藍采和之前的發飆震住了他們，也或許是能陪伴主人已令他們相當滿意，接下來製作巧克力時間裡，方家廚房的氣氛一直相當和諧。

向方奎和余曉愁道別後，協助製作巧克力的藍采和也抱了一大袋巧克力踏上返家之路。這些都是他用方奎提供的材料做成的，打算送給川芎他們以表示感謝之情。

當然，回家途中，藍采和沒忘記先繞去曹景休打工的便利商店，塞給對方一份特別準備的巧克力，頓時就見那張總是嚴肅的面龐露出笑。

現在的藍采和，除了背包裡塞滿一堆巧克力，手上還抱著一個大盒子。但裡面裝了什麼，就連隱身跟在他身邊的鬼針三人也不知道。

製作巧克力期間，他們曾被趕出廚房一段時間，嚴令不准窺看。所以他們最多也只能猜出那是一塊巧克力，而且是相當大塊的巧克力。

即使嘴上不說，但植物們心裡卻是波濤洶湧。那個看起來特別不一樣的巧克力，究竟是要送給誰的？

藍采和當然不知道鬼針等人的心思，他加快腳步，深怕巧克力在陽光下會融化。就在他準備轉進朝陽路時，手機突然響起。

藍采和趕忙騰出一隻手，拿出口袋裡的手機。

打電話過來的人是川芎。

「喂？哥哥，是我，怎麼了嗎？」

「你是什麼時候要回來？」手機裡傳來林家長男一貫不耐煩的聲音。

藍采和看著就在不遠處的林家，「哎，我嗎？我就快到了呢。」

「那就快點進屋，敢讓莓花等太久就宰了你。」川芎也不囉嗦，直接交代一句就乾脆地掛掉電話。

莓花在等我？藍采和有些納悶，但還是由走改成小跑步，他可不願讓可愛的小女孩等太久。

藍采和有備用鑰匙，打開大門、踏進客廳，就見林家么女捧著小盒子朝他奔來。

「小藍葛格！」莓花的臉蛋緊張害羞得都紅了，她用盡全力大聲地說，「情人節快樂！這是送你的巧克力！」

少年仙人先是一怔，隨即笑開了臉，他放下手中的大盒子，開心地一把抱住莓花，「我太高興了，謝謝妳啊，莓花。」

沒想到最喜歡的小藍葛格竟然抱住自己，莓花僵住身體，臉上的艷紅迅速擴散到全身。

「這盒子是幹什麼用的？」川芎走了過來。

維持著還抱住莓花的姿勢，藍采和仰頭望向林家長男，接著他忽然發現一件奇怪的事。

平常目睹他抱住莓花都會發火的男人，今天竟然沒有表現任何怒意。雖然仍是一張凶惡的臉，然而眼中笑意卻洩露出他的好心情。

哎，是發生什麼好事了嗎？藍采和上下打量川芎一遍，再放遠視線，看見張果正坐在沙發上看電視，長桌上擺放著兩個包裝精美的小盒子，其中一盒上頭還別著粉紅色小花。

藍采和恍然大悟。原來哥哥是收到小瓊的禮物了呀！不過另一個是誰送的？

藍采和想了想，最後用口形問：哥哥，是薔蜜姊送的嗎？

川芎搖頭，他用下巴朝沙發方向示意。

藍采和吃驚地睜大眼，他沒想到連張果也送了巧克力給川芎。

「藍采和，你還沒回答這盒子是什麼？」川芎蹲下身，狐疑地打量著。

「這個嗎？這個其實是……啊，先等等。」藍采和鬆開莓花，將背包塞到她面前，他露出一個大大的笑臉，真摯無比地說，「哥哥、莓花，情人節快樂！這些都是要送你們的，還有一些則是要給薔蜜姊。」

莓花終於回過神，她打開背包，頓時張大嘴巴，「好多巧克力！」

川芎也低頭一望，眼露吃驚。背包裡確實塞滿了巧克力，而且一看就知道是手工做的。

川芎當然不會問是誰做的，他抱怨似地嘖了一聲，「做這麼多……謝啦。」

最後兩字，藍采和聽得很清楚，於是他笑得更開心了。心情大好之下，藍采和立刻獻寶似地向林家兄妹介紹神祕的大盒子。

「哥哥、莓花，這是我今天做的特別巧克力唷。啊，再等一下，這種場合不能少了阿蘿。」少年仙人一彈指，以自己的聲音開啓籃中界，「阿蘿聽令，速速現身！」

下一刹那，竹籃子裡發出「砰」的一聲，一根白胖的人面蘿蔔出現在眾人面前。

「夥伴！俺好想你你你——」重見熟悉的林家大宅、熟悉的少年身影，阿蘿心中有滿滿的感動。它本想衝到藍采和的懷抱裡，可是從他雙肩處射來的視線太過恐怖，它哆嗦了一下，硬生生地砍掉這念頭，不過它很快也注意到那個神祕的大盒子，「夥伴，那是啥米東西？」

「這個嗎？這個要送給一位特別的人。」藍采和的嘴角浮現神祕的笑，沒發現鬼針、茉薇和椒炎都屏住了呼吸。

在數雙眼睛的注視下，藍采和一把掀起盒子的蓋子。

阿蘿捧臉興奮尖叫，「天啊天啊！夥伴俺愛死你了！怎麼辦，俺眞的超愛你的啊！」

「小藍葛格好厲害！」莓花拚命地用力鼓掌。

「哇靠……」川芎目瞪口呆，「藍采和，你眞的是天才……」

比起一蘿蔔和兩名人類的反應，鬼針、茉薇和椒炎卻黑了臉，強大的怨氣瞬間捲起。

原因很簡單——

因爲放在大盒子裡的，居然是一個人面蘿蔔造形的巧克力，就連腳毛都做得栩栩如生！

「夥伴、夥伴！這眞的是要送給俺的嗎？」阿蘿望著那尊與自己等身大的巧克力阿蘿，感動得淚眼汪汪。

「那還用說嗎？」藍采和微笑，「這是爲了感謝你讓我的情緒有適當的發洩管道。你知道的，阿蘿，要找一個比超合金還堅固的出氣筒很不容易呢。」

喂，沒人覺得這句話怪怪的嗎？川芎忍不住在心裡吐槽。

「噢，小藍夥伴，俺願意當你一輩子的出氣筒！不管是要踩、要踏、要ＳＭ，俺都會敞開心胸地等著你的！」阿蘿熱情地大叫。

喂喂，眞的沒人覺得這句話也……算了。川芎放棄吐槽。

在藍采和眼神的鼓勵下，阿蘿先小心翼翼地摸了那尊巧克力阿蘿一把，接著大膽地握住它的雙手，開心地在客廳裡轉圈圈。

而人世裡，剛好有句話是這麼說的——

樂極生悲。

轉呀轉的，阿蘿不知是太興奮還是沒抓好，在轉下一個圈時，巧克力阿蘿竟是高高地飛了出去，然後砸在客廳的地板上。

阿蘿還來不及慘叫出聲，就見到斷成兩半的巧克力阿蘿，上半身因爲反彈的力道又飛了起來，掉到長桌上，當場壓扁沒有別著小花的盒子。

接著巧克力阿蘿又順勢往旁一倒，於是那個別著小花的盒子，也扁了。

客廳裡陡然一片死寂。

坐在沙發上的張果關掉電視，跳下沙發。

「吾之名爲張果，現在要求解除乙殼封印，應許・承認。」

白光閃現，黑髮、丹鳳眼的小男孩眨眼間變成一名白髮白瞳的高大男人。

阿蘿的腿抖得幾乎站不住，那名步步逼近的白髮仙人在它眼中看來堪比索命閻王。

緊接著，下一刹那——

「果果，你想做什麼？等、等一下，果果你不能眞的宰了阿蘿啊！」

「張張張大人，俺不是……咿！夥伴救俺！」

客廳裡爆出了慘叫和驚呼聲。

「吾之名爲藍采和，以下咒語省略！果果拜託你……哥哥，幫我阻止一下果果呀！」

被點到名的川芎終於從呆然中回過神，他看看被壓扁的小花盒子，再看看在客廳裡你追我逃的藍采和他們，最後他說：

「要打去外面打。」

「咦？咦咦咦？不是這樣的吧？哥哥……哇啊！」

聽聞藍采和的哀號，川芎想了想，先捂住莓花的耳朵，才又用格外冷酷的語氣說：「張果，只要別把那根蘿蔔打死就好。」

張果頓了下動作，「……那就十分之九殘。」

藍采和目瞪口呆。十分之九殘？那幾乎是全殘了吧？唯一能安好的十分之一是哪裡？腳毛嗎？

這念頭才竄過腦海，藍采和就瞥見張果逼來，他大驚，立刻抱著嚇得幾乎暈過去的阿蘿奪門飛出，同時在周圍施下結界，不讓常人看見。

「鬼針、茉薇、椒炎聽令！快點過來幫……等一下！叫你們幫不是叫你們順便痛揍阿蘿！」

「阿蘿你這混帳，你一輩子讓我出氣都不夠了！噢，玉帝在上啊！我明明只是想和哥哥他們一起度過愉快的情人節——」

同一時間，林家的地下室。

聽見客廳不斷傳來熱鬧聲響，穿著花襯衫和海灘褲的中年幽靈縮在角落，他抹抹臉上的液體。

他……他才沒有哭，這是男子漢的汗水……他是誰？他可是英俊又瀟灑的約翰，他才不會羨慕大家都有巧克力，才不會羨慕大家正和樂融融地在一起……

沒錯，他沒有哭……這真的真的只是男子漢的汗水！

〈情人節〉完

504號房的祕密時光

留著及肩長髮的女人拖著小行李箱，走進了一間外觀看起來有些老舊的旅館。

櫃台後坐著一名正在打瞌睡的年輕櫃台人員，他顯然沒察覺到有客人，直到長髮女人不耐煩地敲了敲櫃台，才把他從睡夢中驚醒。

「啊……啊……」櫃台人員發出無意義的含糊音節，惺忪睡眼看向面前的女人，「休息還是住宿？」

「住宿，先住一晚。」長髮女人掏出信用卡，不拖泥帶水地說，「你們的五〇四號房今天空著嗎？有的話我要指定住那間。」

櫃台人員本來散漫的神色瞬間一掃而空，他瞪大眼，欲言又止地看著女人，「五〇四號房是空的……但、但是，妳確定要住那間？那間……呃，隔音可能比較不好，我幫妳換一間更好的吧。」

「不，就要那間，動作快點。」女人催促著，像是讀不懂櫃台人員臉上怪異的表情。最末櫃台人員還是將五〇四號房的鑰匙交給她。

長髮女人勾起一抹愉悅的笑，拖著小行李箱搭上電梯，來到四樓。

幾乎所有旅館都有這不成文的安排：四的諧音聽起來不吉利，因此都會稱四樓爲五樓。也就是說，五〇四號房其實也就是四〇四號房。

長髮女人進入了今晚要住的房間，裡面沒什麼特殊的布置，是一般常見的客房，有著淡淡的菸味。

明明旅館禁菸，也不知道這股味道究竟是從哪裡飄進來的。

「看起來沒什麼奇怪的嘛……」長髮女人把行李箱隨意一擱，觀察房間一圈。

牆上壁紙是俗氣的大花圖案，桌子邊緣脫了漆，浴室有個藍色的塑膠浴缸，角落還破了個小洞。

她不是沒看見櫃台人員欲言又止的臉色，也知道對方的勸阻含有某種意義。

金花旅館的五〇四號房，在網路上算是有些知名度。

主要在靈異論壇上。

這個房間……據說鬧鬼。

長髮女人就是為此而來，要是真的有鬼，她打算繼續在這裡短租一個月。

——閉關、打稿！

沒錯，她是個小說家，還是專門寫鬼故事的。最喜歡在靈異景點工作，這能令她文思泉湧，打字速度有如神助。

她住過不少傳出靈異事件的旅館，有些什麼異狀也沒有，有些會出現一些靈異現象——例如夜半哭聲，半夜馬桶沖水按鈕被按下，水會嘩啦嘩啦地流一陣子。其他還有電燈自動閃滅、東西無故翻倒等等，不勝枚舉。

但上述對她來說都是小CASE，誰教她天生膽大。

所以新作的閉關地點，她便看上了金花旅館的五〇四號房。

據住過的人說，這間房會出現披頭散髮的女人，在人耳邊呢喃斷續的古怪話語。

這聽起來非常刺激，因此她迫不及待地來了，來之前也沒忘記通知自家責編。

這房間果然提升了她的工作效率，今天的進度相當不錯，甚至遠超預定目標。

假如能再出現一點靈異現象，效率肯定會再大幅提升。

抱持著這個願望，工作到一段落的她洗完澡，躺在床上滑了下手機，這才關燈睡覺。

她一向迅速入睡，然而今天卻被一道幽幽女聲吵醒。

起初她以爲是其他房間的客人說話沒控制音量，可不一會兒她注意到，聲音是從她耳邊傳來。

她身子微僵，又迅速放鬆，自己可是見過各種場面的女人，這種半夜怪聲嚇不倒她的。

「頭髮、頭髮……」那道聲音繼續幽幽地喃唸著，離她越來越近。

她裝作仍在睡夢中翻了個身，再小心翼翼地掀開眼皮，撐著一條細縫偷覷外界。

她睡覺時習慣開著燈，因此一張眼就將前方景象看得一清二楚。

一名披頭散髮的蒼白女人蹲在床頭邊，對方的臉被頭髮遮住大半，只能從髮間窺見一雙眼珠和微咧的嘴巴。

換作一般人，早就放聲尖叫了。

但她不是一般人，她可是專門寫鬼故事、號稱最大膽的恐怖系作者——東泉少女心！

她偷瞄了趴在床邊的女鬼幾眼，覺得沒什麼特別之處，正打算重新進入夢鄉，沒想到對方似乎捕捉到她的視線，嘴角突然咧得更大，直至耳際後。

然後她聽見那個女鬼笑了，猶如冷風颼颼的陰冷笑聲清晰地傳入她耳中。

「頭髮……這麼糟糕的頭髮，要拔掉，必須拔掉……一起來當快樂的……禿頭少女……」

因爲常日夜顚倒，導致髮量變得稀疏的女作者，這一刻體會到深深的恐懼，再也控制不住地發出尖叫。

「我不要當禿頭少女——」

鬧鐘響起時，川芎艱困地掙脫夢境，他睜開一隻眼，伸手往床頭櫃上摸索，然後「啪」的一聲按掉了那個惱人的東西。

他打算再繼續睡，回籠覺可說是世界上最美妙的事了。

然而一道高八度的尖叫嚇得他身子一彈，睡意也一掃而空。

幹幹幹！是怎樣？

各種猜想在川芎的腦中如火車轟隆隆駛過，最後因第二聲喊叫戛然而止。

川芎聽到了「相菰」兩字。

那是藍采和的聲音。

他剛睡醒的腦袋勉強分出幾分餘力，理出事情的大概。

相菰做了什麼事，惹得藍采和訓斥……總之不是把他家拆了就好。

川芎打著呵欠從床上爬起，梳洗完才慢慢地走下樓梯。但才走幾步，他差點就打滑。說「差點」是因爲有隻手及時拽住他，讓他半躺在樓梯上，而不是整個人跌下樓梯。

川芎的另隻手牢牢握住扶手欄杆，他扭頭向還是小孩模樣的張果道聲謝，又以大得能扭傷脖子的力道猛然往下方的客廳看。

他沒有看錯，沙發上確實坐著一名長髮女子。

有什麼比一早見自己的責任編輯出現在家裡還可怕嗎？

寫作「張薔蜜」，唸起來則是「大魔王」。

有，當自己的稿子還沒寫完的時候。

想到自己那放了一禮拜都沒進展的工作進度，川芎臉色發白，但驀地又想到一件事，截稿日根本還沒到。

一顆提起的心頓時安然落下。

張果看著還躺在樓梯上的川芎，「要牽你走嗎？」

「啥？不……」川芎話還沒講完，就看見張果往下走了幾級階梯，然後抓住他的腳踝，準備把他一路往下拖，「我靠！你他媽的是在拖屍體嗎？給我住手！」

將腳從張果手裡抽回，川芎自樓梯上爬起，凌厲的眼神直接射向客廳裡那位不速之客。

「張薔蜜，妳爲什麼會出現在我家？死線還沒到，妳不能跑來我家催我稿！」

「只剩四天就要截稿的傢伙，還好意思說話這麼大聲？」薔蜜挑挑細長中帶有一絲銳氣的眉毛，鏡片後的眼睛閃動更凌厲的光芒，「你目前只給我一半的稿子而已吧。」

川芎立刻縮起脖子，氣勢全消，像是一隻鵪鶉，大氣不敢出地乖乖來到客廳。

客廳除了薔蜜外，還有先前製造噪音把川芎吵醒的相菰與藍采和。

川芎用腳趾都能猜到，肯定是相菰見到自己女神太興奮而尖叫，才會惹來藍采和的訓斥。

「哥哥，早餐準備好了，是沒有焦的烤吐司喔。」藍采和指指廚房方向，「冰箱還有冰牛奶跟冰果汁。」

「喔，等莓花起來我再吃……張果你還沒吃的話，記得先去吃。」川芎剛起床，也沒覺得餓，況且眼下還有比早餐更重要的事，「所以張薔蜜妳到底爲什麼一早跑來這？」

「事實上，我是來找藍小弟商量事情的。」薔蜜慢條斯理地喝著咖啡，「問問他對驅鬼一事有什麼看法。」

「啊？驅鬼？」川芎一頭霧水，「妳家有鬼嗎？不對，有的話……妳最可能會先把我綁到妳家，叫我直接體驗氣氛寫出一篇鬼故事！」

「是啊，眞可惜不是我家呢。」薔蜜遺憾地嘆息，「不然就能將你強制關小黑屋了。」

「喂，妳的眼神認眞得很可怕……」川芎抖了抖，連忙與魔鬼編輯拉開一大段距離，「事情到底是怎樣？不是妳家的話，是……」

「東泉少女心昨天凌晨打電話哭著跟我說她要禿了，有鬼想拔光她的頭髮。」薔蜜輕描淡寫地說。

這兩句話蘊含的訊息量太大，導致川芎愣怔許久，才總算反應過來那位東泉少女心是誰。

他曾在書展與出版社裡見過對方幾次，是一位年紀比他大幾歲的女作者，擅長寫恐怖靈異的作品。

「就是原本筆名堅持要叫『東泉就是要戳水煎包屁股』的那位吧……」川芎對此記憶非常深刻。

「爲什麼要戳屁股？東泉又是什麼東西？」被藍采和踩在地上，嚴禁他撲向薔蜜的相菰抬高頭，臉上寫滿好奇。

「東泉是一種辣椒醬的名字。」薔蜜說道：「東泉少女心老家那邊似乎都喜歡在吃水煎包的時候，把辣椒罐的尖尖瓶口直接從包子底部戳進去。」

「這什麼邪魔歪道的吃法啊……」川芎一臉嫌棄，完全無法理解，「聽說他們連吃肉包也會這麼幹……不對，重點不是戳哪裡吧！重點是她出啥事了？」

「我忘記有沒有跟你說過，東泉少女心寫稿時毛很多，喜歡找靈異景點閉關。具體做法就是找有鬧鬼傳聞的旅館住上十天半個月，她說這樣進度會飆得超級快。事實上她也不曾有拖稿紀錄，大部分時候還會提早交稿。」薔蜜眼中忽地掠過銳芒，像獵人盯住獵物般注視著川芎，「怎樣？林川芎，你要不要也……」

「我只會拖得更厲害！」川芎馬上厲聲表明態度。

「哇喔……」藍采和目瞪口呆，忍不住想爲林家長男鼓掌了，「哥哥眞厲害，拖稿還能說那麼大聲。」

爲了避免薔蜜繼續把恐怖的主意打到自己身上，川芎連忙拉回話題。

「她在閉關地點眞的撞鬼了？然後那鬼要拔光她的頭髮？」

「聽起來大致上是這樣。東泉少女心現在先回家一趟了，但她對那間旅館……金花旅館的五〇四號房依舊念念不忘。她希望我能幫她想辦法，讓那個鬼打消拔她頭髮的念頭。」

「她對那裡是有什麼執念啊？一般人早就該跑了吧……」

「那地方讓她有靈感、有手感，能順利完稿。」薔蜜說，「身爲她的責編，就該想辦法幫她解決任何會妨礙她完稿的問題。」

「怪不得妳來找藍采和……」川芎抹了把臉，對這話題失去興趣。他朝薔蜜擺擺手，要他們繼續談，自己則去弄一杯熱咖啡來喝。

「藍小弟，你覺得我該如何改變那位鬼的想法呢？」薔蜜認眞地直視藍采和。

「揍一頓就好啦，不行就揍兩頓。不過……」藍采和困擾地蹙起眉頭，「我怕不小心把鬼打沒了。」

「我我我，我可以陪薔蜜大人去旅館！」相菰奮力地揮手，以求薔蜜注意到自己，「我可以保護薔蜜大人，順便一起度過屬於兩人的甜蜜夜晚！」

「不行。」藍采和笑容滿面地加大腳下力道，「再多囉嗦一句，現在就讓你永遠享受不了夜生活喔。薔蜜姊是要到那邊實際住看看嘛？」

「對，當然是報公帳，畢竟這是爲了我們公司作者而努力。」

「我想想喔……」藍采和的手指無意識抵著嘴唇。驀地，他留意到薔蜜周圍有淡淡的灰霧環繞，形狀彷彿一隻悠游的鯊魚，他眼睛驟亮，有了一個絕佳的好主意，「薔蜜姊，妳身上那位就是最適合的協助者。有他在，完全不用擔心安全問題，光靠他現在的力量，應付一隻鬼還是很夠的。」

「我身上？」薔蜜愣了愣。

同時間，那道灰霧像是要強調自己的存在感，猝然主動現身，讓只是人類的薔蜜也有辦法看見。

薔蜜先是一訝，接著難得勾起堪稱柔軟的笑意。

她知道藍采和在說誰了。

當初替東海龍王太子效力，最後卻爲了保護自己差點喪命的……

於沙。

薔蜜是個相當有行動力的人，一打定主意，決定日期，就會俐落地執行。

這點從她鍥而不捨地追殺總是拖稿的川芎就能看得出來。

晚上七點下班後，她回家一趟，洗了個澡，就拎著裝有筆電的包包前往金花旅館。

聽見她指定要住五〇四號房後，年輕的櫃台人員露出錯愕的表情，似乎不明白這房間最近怎麼那麼受歡迎。

櫃台人員不好明說房間有鬧鬼傳聞，只好委婉地表示要不要換隔音更好的房間。

「不，就要那間。」薔蜜不容置喙地說，「幫我開收據，統編寫上……」

眼見這名女客人的態度這麼堅持，櫃台人員只好把五〇四號房的鑰匙交到她手上。

薔蜜搭上電梯，直達實際是四樓的五樓，很快找到了她這兩天要住的房間。

她擔心只住一天不保證能撞鬼，乾脆先住個兩天，不行的話就再延長一天。

不過三天就是極限了，再怎樣也不可能毫無限制地讓她報公帳。

薔蜜進入房間，首先就因淡淡菸味而皺起眉，但還在她的忍受範圍內。她把衣櫃、抽屜和浴室都檢查一遍，沒找到不尋常之處。

看樣子，只能靜靜等待女鬼出現了。

薔蜜來這之前當然做過功課，她上網查過金花旅館五〇四號房的消息，從那些堅稱自己撞鬼的留言中篩選出稱得上情報的資料。

首先都是女性撞鬼。

而且還是長頭髮的女性。

女鬼出現的位置不一定，有人像東泉少女心在床邊碰上，有人是在上廁所，或是洗澡的時候遇到。

澡早在家裡洗完了，因此薔蜜私心希望自己可以在床邊碰到。畢竟上廁所這種私密的車，她一點也不想有第三者在場參觀。

「你沒問題吧。」薔蜜彷彿在對空氣自言自語，「不是還在休養嗎？不行的話，我再去問問藍小弟。」

「啊啊啊？妳說誰不行？本大爺哪裡像不行了？」狂放的男性嗓音冷不防砸落房內，「我告訴妳，張薔蜜，我可是比藍釆和那小鬼……」

「被你稱爲小鬼的人，把你上司封印了吧。」薔蜜雲淡風輕地戳了一刀。

於沙被戳得滿肚子火，偏偏又找不出話反駁，最終只好把髒話含在嘴裡，咕咕噥噥地罵藍釆和出氣。

聽在薔蜜耳裡只覺像一堆含糊的音節，她也不妨礙於沙藉這方法發洩內心鬱悶，自顧自地拿出筆電，開始進行未完的工作。

就算下班了，編輯還是有一堆事情要處理。

等薔蜜忙到一個段落，這才發現不知不覺已將近半夜十二點。

隨手發了條關心進度的訊息給川芎後，薔蜜刷完牙、換了睡衣便準備上床守株待鬼。

發現薔蜜的眼睛始終睜得大大的，隱身的於沙撇撇嘴，哼了一聲，「有老子在，妳擔心個什麼勁？要是眞有鬼出來，我直接把她叉成串燒。」

「別鬧，你是想害我這一趟做白工嗎？」薔蜜閉上眼，調整成舒服的睡姿，「我還想跟那位鬼小姐好好談一談。你要是讓我做白工，我就……」

薔蜜眉頭微微蹙起，似是在尋找適合的威脅方法，但思及對方不是人，他有心隱藏的話，她也摸不到、打不到。

嘖，這可眞難辦。

「就怎樣？」於沙好整以暇地等待著。

「接下來一禮拜，我天天買鯊魚肉回來。」就算雙眼緊閉，薔蜜也能讓表情維持冷酷，「天天吃給你看。」

於沙一時啞然，似乎沒想到床上的女人會用這種方式威脅自己，但他沒察覺到自己的嘴角勾起一道明顯的弧度。

直到薔蜜的呼吸變得綿長平穩，顯然陷入了熟睡，於沙的聲音才落入空氣裡。

「……要吃的話，老子讓妳咬不就行了嗎？」

靜謐的深夜總讓人覺得格外漫長。

但於沙倒希望這份漫長可以一直延續下去。

他依舊隱匿身形，普通人壓根看不見他的存在。他就待在薔蜜身側，碧綠的眼瞳瞬也不瞬地看著薔蜜在燈光下的臉龐。

素顏狀態下，薔蜜的膚色比平時更白一些，眼下也有淡淡的黑眼圈，但那張臉在於沙心中依然好看得要命。

於沙彷彿怎麼也看不膩，目光慢慢從薔蜜的眉眼滑過她的鼻梁，再來到她薄薄的嘴唇。

薔蜜的唇抿起來時，容易令人覺得不近人情。

可卻總能輕而易舉地吸引於沙的視線。

盯久了，於沙心裡甚至湧上一絲欲念，想知道那嘴唇觸碰起來究竟有多柔軟。

只是到最後，於沙也從來不曾真正行動。他用鎖鍊圈縛住心裡的野獸，甚至讓牠收起爪子、獠牙，彷彿牠不過是再溫馴不過的無害存在。

或者該說，爲了等薔蜜主動靠近，他願意小心翼翼斂起爪牙，就怕不小心碰傷了對方。

於沙盯得過度入迷，以至於當他聽見一聲幽幽嘆息，才猛地反應到房內多出一個人。

於沙精準朝聲音來源處轉過頭，看見天花板上不知何時探出半截女人的身體。

她像是從天花板裡爬出來，腦袋朝下，一頭亂髮像張牙舞爪的枯枝，大半張臉都被遮覆住，看不清面容。

這畫面要是讓一般人撞見，心臟恐怕難以負荷。

但於沙不是一般人，他連人都不是。他沒有立刻顯出身形，而是像隻蟄伏的大型猛獸，靜靜注視著獵物的下一步行動。

從天花板繼續探出身體的女鬼忽地停頓一下，下意識朝左右張望。剛剛那瞬間，她無來由地產生了被野獸鎖定的錯覺。

女鬼晃晃腦袋，很快就把這份錯覺拋到腦後。她扭動身子，讓自己整個人像條魚滑至地板上。她蹲在床頭邊，從髮間露出的眼睛眨也不眨地凝視床上的長髮女人。

她慢慢抬起手指，彷彿要觸及薔蜜，最後卻停在半空中。

她不知道，假如她的手指再前進那麼一丁點，於沙的三叉戟就會剁了那幾根手指頭。

「唉……唉啊……」女鬼收回手，托著臉頰，又一次吐出幽幽的嘆息，「頭髮……保養真好的頭髮，不能拔掉了，不能一起當……」

「當什麼？」有人禮貌地發出詢問。

「當快樂的禿頭少女。」女鬼反射性回答，下一秒才猛然意識到有人在跟她說話。

她瞪大了眼，冷不防對上一雙烏黑眼眸。

薔蜜正睜著眼看她。

「呀啊啊啊啊——」完全沒心理準備的女鬼被嚇得尖叫向後退，一時重心不穩，一屁股跌坐在地。

「妳什麼時候醒的？」就連於沙也是一驚，忍不住解除隱身狀態。

驟見房裡多出一個高壯男人，對方還戴著單邊眼罩，露出的一隻碧瞳煞氣十足，女鬼的尖叫聲反射性拔得更高。

「啊啊啊啊有鬼！流氓鬼啊——」

「吵死了，給老子閉嘴！」於沙手一揮，一柄錚亮的三叉戟平空現形，眨眼刺入女鬼身前的地板。鋒利的尖端直沒入地面數寸，「再吵就讓妳連鬼也做不成！」

驚人的威壓讓女鬼蜷縮身體，恨不得把自己的存在感壓至最低。她雙手捂嘴，眼裡噙著驚恐的淚水。

薔蜜嘆口氣，覺得這畫面不管怎麼看，都是於沙在欺壓無辜受害鬼。

大反派的標籤甚至可以直接貼在於沙身上了。

嚇阻住女鬼，於沙回過頭，沒忘記先前的問題，「妳不是睡死了嗎？」

「我睡了，但沒睡死。」薔蜜支起上半身，拿起床頭櫃上的眼鏡戴上，「我一向睡得淺，醒得也快，有點動靜就會醒，不然要怎麼去抓那些就算關小黑屋也想開溜的作者呢？」

此時遠在林家，還在半夜上網摸魚的林家長男無端打了個大大的噴嚏。

「妳好，妳是住在金花旅館五〇四號房的鬼吧。」薔蜜向女鬼平靜地打了聲招呼。

「妳妳妳……」女鬼又往後退幾步，與那柄嚇人的武器再拉開一點距離，「妳不怕鬼嗎？我是鬼耶。」

「如果是第一次見到，肯定會怕吧，不過經驗多了就還好。」薔蜜瞥了眼浮立在空中的於沙，伸手朝他招了招，「下來點可以嗎？太高了。」

「喔。」於沙直接落足於地上，像尊守護獸屹立在薔蜜身畔。

女鬼毫不懷疑，自己要是敢對那名長髮女人出手，立刻就會被這絕不是普通人類的男人撕扯成碎片。

「我們談一談，好嗎？」薔蜜輕推一下眼鏡，語氣平和，似乎真的只是要和人聊聊天。這讓女鬼有點迷茫，現在的人都不怕鬼了嗎？但上次跟上上次，還有更之前的幾次……那些女生見到她，個個嚇得差點昏過去。

既然女鬼沒有出聲反對，薔蜜就當她同意了。

「我有個朋友，她上禮拜來這房間住宿，妳把她嚇跑了，還記得嗎？」薔蜜簡單地講述東泉少女心的特徵，「她頭髮及肩，在房裡應該是一直坐在筆電前，打字的聲音特別大聲，像在跟鍵盤打架一樣。」

女鬼點點頭，表示她還記得。

「她很喜歡這個房間，想再回來住，但又怕妳拔光她的頭髮。如果可以，希望妳能別再那樣嚇她了，不過引發一點靈異現象是沒關係的。」薔蜜說。

「但是她的頭髮……」女鬼小小聲地說，「她的頭髮髮質好差啊。不像妳，那麼好，我一看到髮質差的頭髮就會忍不住想統統……」

女鬼倏地沒了聲音，她的目光落到於沙的頭髮上。

那頭黑髮看起來手碰上去會扎人似的堅硬，在她眼中就是不合格的象徵。

「鬼小姐？」面前女鬼不再說話，讓薔蜜生起疑惑。

未等她再喊第二次，女鬼忽然繞過三叉戟慢慢往前爬，一頭亂髮如海藻拖曳在地板上，簡直像是隨時會蠕動的生物。

「妳旁邊的那個人……對，就是你，你髮質好差。」女鬼彷彿突然被按下某種開關，就連先前對於沙的畏怕也拋到腦後。

「要拔掉，都拔掉……一起來當快樂……」女鬼歪著頭，咧出詭異的歪斜笑容，「快樂的禿頭！」

「禿？什麼？」於沙一時沒反應過來。

「看來她想找你當她的禿頭好夥伴。」薔蜜冷靜地說。

「啊啊啊？」於沙神情猙獰，全身爆發出可怕的殺氣，「誰他媽禿了！沒看到老子的頭髮那麼茂密嗎！」

「你髮質差，太差……這麼差的頭髮就不要存在了，拔光光！」女鬼陷入魔怔，她長嘯一聲，雙手指甲跟著暴長，猝不及防地朝著於沙的方向撲過去。

「既然想死，那就成全妳！」於沙眼中泛出戾色，腳下竄出水流，迅速化成保護網環繞在薔蜜身周，三叉戟同時回到他手中。

「於沙，你答應過我的！」薔蜜嚴厲喊道。

於沙重重彈下舌，原本要刺出的三叉戟瞬間崩化成水流消隱。面對暴起的女鬼，他靈敏地一再閃避，讓對方的攻勢屢屢落空。

「啊啊，讓我拔光你的頭髮——」女鬼的眼睛染成全然的闃黑，乍看下宛如兩個深黝的窟窿鑲在臉上。她的頭髮如無數長蛇舞動，想封鎖於沙的行動。

要不是顧忌薔蜜的交代，於沙早就痛下殺手，當場滅了這名在他眼中極其弱小的女鬼。投鼠忌器之下，於沙的攻擊變得束手束腳。

雖說不至於讓自己居下風，但也成了僵持不下的局面。

眼看將演變成沒完沒了的拉鋸戰，薔蜜思緒飛快運轉，想找出阻止女鬼失控的方法。

她對頭髮那麼執著，一看到髮質差的就想拔光，想拉別人跟她一起當……

等等，一起？

電光石火間，薔蜜抓到了關鍵字。

她戳戳水流，發現自己的指尖能順利穿透。看樣子於沙的結界是保護她不被外界攻擊，卻沒有限制她的行動。

薔蜜心裡有了主意，一逮到女鬼與自己距離大幅縮短的機會，她果斷出手。

「張薔蜜！」看到那隻潔白纖細的手臂居然主動穿透自己設下的保護網，於沙瞳孔收縮，斥責剛來到嘴邊，就因爲下一幕生生哽住。

薔蜜快狠準地抓住女鬼海藻般的一綹長髮，用力往下扯。

看似活物的亂髮竟瞬間脫離女鬼頭頂。

當它完全離開女鬼的腦袋，頓時沒了丁點動靜，宛若一團打結的拖把躺在地板上。

於沙愣住，「……啥？假髮？」

女鬼眼裡闃黑退散，恢復正常的黑白分明，她震驚地看著地上的假髮，過了幾秒才突然往自己頭頂一摸。

光溜溜的，相當透風。

「啊啊啊啊！我的假髮！我唯一的一頂假髮啊啊啊！」女鬼痛徹心扉地撲過去抱住假髮，跪在地上，看於沙就像在看一個十惡不赦的壞蛋。

接著她的眼神漸漸起了變化，似乎是想起自己方才竟敢對於沙動手，幾乎滿溢出來的驚恐佔據了她的眼底。

她抱著假髮瑟瑟發抖，就怕於沙一根手指摁死她。

即使現在依舊不知於沙來歷，可從他展現的力量和威壓看來，絕不是她一個小小的鬼魂能夠抗衡的。

「妳冷靜點了嗎？要喝點……」薔蜜本來想問女鬼要不要喝點水，又想起對方是鬼。握著礦泉水瓶的手剛要放下，瓶子在下一秒被另一隻大掌撈去。

「拿來。」於沙才不讓薔蜜給別人礦泉水，鬼也不行。

反正只是旅館送的水，薔蜜也隨便於沙了。

察覺到只要有這名長髮女性在場，那個可怕的男人就不會眞的動手，女鬼鬆了一口氣，細聲地解釋自己剛才的行爲。

「不好意思啊，我每個月有幾天容易脾氣暴躁……所以剛剛才……失態了，真的很抱歉。」

「沒事。」薔蜜擺擺手，畢竟剛被針對的不是她，「我能問問妳拔下別人頭髮是打算做什麼嗎？除了讓人當禿頭之外。」

「那個啊，禿頭很涼很快樂，但我也喜歡好看的髮型。雖然我說要拔光那些人的頭髮，但其實也沒真的拔。」女鬼覺得很冤枉。她是隻鬼，鬼就是要時不時嚇個人，刷一下存在感，她只是盡自己的責任罷了，也沒真正傷害人，「我只是想收集她們的掉髮，準備做一頂新的假髮。不過，妳那個不是人的男朋友，他的髮質是我看過最差的。」

於沙的心思都被「男朋友」三個字吸引，忽略了女鬼對他頭髮的嫌棄。要不是還謹記著保持形象，他的嘴角大概已經不受控地咧到耳邊。

「唔，可能海水泡久，髮質也差了吧。」薔蜜瞄了不自覺傻笑的於沙一眼，默默將購買新的護髮產品記到行事曆上，「我朋友過不久就會再回來這住，弄出點靈異現象無所謂，只要別追著她要頭髮就好。」

女鬼忙不迭連連點頭，還拍了拍胸脯，表示她絕對會記住的。

「那……」臨走前，女鬼小小聲地問道，「妳掉在浴室和地上的頭髮，我可以……」

「死，或者立刻滾！」於沙簡直像齜著利齒的盛怒猛獸，下一瞬就會暴起攻擊。

女鬼不敢再挑戰他的極限，驚叫一聲，立刻用最快速度消失得無影無蹤。

有了女鬼的反省和保證，問題就這麼順利解決了。

東泉少女心總算能再住回金花旅館的五〇四號房。

雖然櫃台人員還是用看怪人的眼神看她，但東泉少女心一點也不在意。

她本就不太怕鬼，知道女鬼不會再想拔她頭髮後，更是放寬心胸，工作效率跟著提高。

她甚至還爲那位女鬼挑了幾頂不同造型的假髮，送給對方當禮物，讓女鬼再也不用收集別人的落髮，也因此與女鬼建立起一段另類的友情。

〈504號房的祕密時光〉完

《裏八仙 外傳：節慶狂歡》全文完

裏八仙

韓湘魔爪無遠弗屆，不只植物幼童化，八仙也集體性轉了！
但對林家長男來說，最可怕的還是去探望吊點滴的薔蜜，竟被對方「室友」銬在病床邊趕稿！

「張薔蜜妳就不能好好當一個病人嗎！」
「在當病人的同時，我也是個編輯，一個手下作者正在拖稿的編輯。現在給我補上進度，不准有意見。」

外傳篇・敬請期待！

國家圖書館出版品預行編目資料

裏八仙．外傳：節慶狂歡／蒼葵著．——初版.——台北市：魔豆文化有限公司出版：蓋亞文化有限公司發行，2023.10
面；　公分. -- (fresh ; FS214)
ISBN　978-626-97767-3-3（平裝）

863.57　　112016772

fresh FS214

裏八仙 外傳　節慶狂歡

作　　者　蒼葵
插　　畫　夜風
封面設計　莊謹銘
責任編輯　林珮緹
總 編 輯　沈育如
發 行 人　陳常智
出 版 社　魔豆文化有限公司
發　　行　蓋亞文化有限公司
地址：台北市103承德路二段75巷35號1樓
電話：02-2558-5438　　傳眞：02-2558-5439
電子信箱：gaea@gaeabooks.com.tw
投稿信箱：editor@gaeabooks.com.tw
郵撥帳號　19769541　戶名：蓋亞文化有限公司
法律顧問　宇達經貿法律事務所
總 經 銷　聯合發行股份有限公司
地址：新北市新店區寶橋路二三五巷六弄六號二樓
電話：02-2917-8022　　傳眞：02-2915-6275
港澳地區　一代匯集
地址：九龍旺角塘尾道64號龍駒企業大廈10樓B&D室
電話：+852-2783-8102　　傳眞：+852-2396-0050
初版一刷　2023年 10月
定　　價　新台幣 290 元
Published and printed in Taiwan

ISBN 978-626-97767-3-3

FS214

裏八仙

外傳 節慶狂歡

魔豆文化 讀者迴響

感謝您在茫茫書海中選擇了魔豆，您的支持是我們最大的動力。
不要缺席喔，讓我們一起乘著夢想的羽翼，穿越時空遨遊天地！

姓名： 性別：□男□女 出生日期： 年 月 日
聯絡電話： 手機：
學歷：□小學□國中□高中□大學□研究所 職業：
E-mail： （請正確填寫）
通訊地址：□□□
本書購自： 縣市 書店
何處得知本書消息：□逛書店□親友推薦□DM廣告□網路□雜誌報導
是否購買過魔豆其他書籍：□是，書名： □否，首次購買
購買本書的動機是：□封面很吸引人□書名取得很讚□喜歡作者□價格便宜□其他
是否參加過魔豆所舉辦的活動： □有，參加過 場 □無，因爲
喜歡出版社製作什麼樣的贈品： □書卡□文具用品□衣服□作者簽名□海報□無所謂□其他：
您對本書的意見： ◎內容／□滿意□尙可□待改進 ◎編輯／□滿意□尙可□待改進 ◎封面設計／□滿意□尙可□待改進 ◎定價／□滿意□尙可□待改進
推薦好友，讓他們一起分享出版訊息，享有購書優惠 1.姓名： e-mail： 2.姓名： e-mail：
其他建議：

魔豆

魔豆